L'ingénue criminelle

Barbara Cartland est une romancière anglaise dont la réputation n'est plus à faire.

Ses romans variés et passionnants mêlent avec bonheur aventures et amour.

Barbara Cartland fête actuellement son 200e livre publié en français.

Vous retrouverez tous les titres disponibles dans le catalogue que vous remettra gratuitement votre libraire.

Barbara Cartland

L'ingénue criminelle

traduit de l'anglais par Nicole SELS

Éditions J'ai lu

Ce roman a paru sous le titre original :

A HEART IS STOLEN

NOTE DE L'AUTEUR

Dix jours après la signature de la paix avec la France, en 1802, la Grande-Bretagne entreprit de désarmer sa flotte de guerre avec une précipitation que certains qualifièrent d'indécente. Alors que Bonaparte maintenait les armements navals sur un grand pied, et continuait à faire approvisionner les chantiers de construction, le gouvernement britannique décréta la dissolution des bataillons de volontaires et réduisit de moitié les effectifs de l'armée. Le Premier lord de l'Amirauté, lord Saint-Vincent, profitant de l'immense prestige dont il jouissait, édicta des mesures draconiennes d'austérité dans la marine; en quelques mois, 40 000 hommes d'équipage furent rendus à la vie civile et des centaines d'officiers de valeur furent réduits à la demi-solde.

Après une interminable période d'hostilités, alors que tous les bâtiments de guerre, tous les vaisseaux de ligne nécessitaient d'importantes réparations dans les bassins de radoub, les gouverneurs de chantiers navals furent congédiés, les contrats avec les fournisseurs privés furent annulés et les stocks de marchandises furent vendus – parfois à des intendants français.

L'optimisme fut de courte durée. Le 18 mai 1803, l'Angleterre fut contrainte de déclarer une fois de plus la guerre à la France. Par bonheur, la guerre que Napoléon avait souhaitée et délibérément provoquée venait trop tôt. Tentant leur chance avant que leur flotte soit prête, les Anglais, en un effort gigantesque, regagnèrent la moitié du terrain perdu.

De tout temps, il avait été d'usage dans la marine anglaise que l'amiral prît à son bord ses propres domestiques – valet de chambre, chef cuisinier et premier laquais –, qui s'occupaient de sa table. Il les payait de ses deniers. C'est seulement en 1914 que l'Amirauté décréta que les serviteurs porteraient désormais l'uniforme et émargeraient aux rôles des équipages de la flotte.

1

1802

Le marquis de Veryan s'éveilla avec la désagréable sensation d'avoir imprudemment sombré dans le sommeil.

La bouche amère, la langue pâteuse, il recouvra ses esprits et sentit de violents élancements qui lui vrillaient le crâne; il lui revint alors que, la veille au soir, il s'était adonné un peu trop librement à la boisson.

Excès auquel il cédait rarement, contrairement à la majorité des hommes de son époque, mais la soirée avait été très animée et, lorsque ses amis avaient voulu porter un toast à sa saison aux courses, particulièrement brillante cette année, il n'avait pu éviter de répondre comme il convenait; il faut dire que les vins, qu'il avait choisis lui-même, étaient d'une rare qualité.

Ces écarts, il allait les payer chèrement aujourd'hui, et à cette idée, il lui prit l'envie de gémir; il reconnut soudain les lieux et s'aperçut qu'il n'avait pas dormi dans sa chambre.

Il perçut alors un léger ronflement et, tournant

péniblement la tête, tout endolori, il vit Rose, couchée à ses côtés et qui dormait encore.

A sa vue, se mit à tressaillir en lui, comme désancré à une grande profondeur, un souvenir confus qui cherchait à affleurer mais qui, à sa vive contrariété, se refusait à prendre forme, ne cessant de se dérober à une conscience claire.

Il s'agissait d'une phrase, d'une phrase qu'elle avait dite. Qu'était-ce donc?

Scrutant le visage endormi, il s'avisa que la jeune femme avait quelque peu perdu de son éclat. Sa grâce de jeune déesse, puisque c'est en ces termes que l'élément masculin au grand complet avait, la veille au soir (et il était du nombre), exalté sa beauté, semblait l'avoir momentanément désertée.

Le mascara avait coulé de ses longs cils sur ses joues et le pourpre de ses lèvres, naguère irrésistible invite, débordait maintenant largement sur le menton.

Elle se remit à ronfler. Ronflement léger, certes, mais néanmoins ronflement. Le marquis préféra détourner la tête et laissa errer son regard sur les flots de satin qui bouillonnaient au ciel de lit.

Il se rappelait, maintenant; et la scène qui s'était dérobée à son souvenir se présenta à son esprit avec la netteté d'un paysage éclairé par la foudre.

« Vous m'épouserez, n'est-ce pas, Justin, mon cher amour? » lui avait demandé Rose, mais la réponse qu'il lui avait faite persistait à lui échapper.

Une chose était sûre : il avait bu et il ne pouvait être responsable de propos tenus sous l'effet capiteux du vin de Champagne et du clairet soyeux, ou dans l'exaltation grisante de sa victoire sur Rose après le bref – mais rude – assaut qui les avait opposés.

Depuis deux ans, lady Rose Caterham était la

coqueluche de Saint James (1); beaux et daims (2) lui avaient à l'unanimité décerné le titre d'Incomparable des Incomparables.

Son mari était mort à la guerre et le charme étincelant de la jeune veuve avait subjugué la coterie qui gravitait autour du prince de Galles. Son choix s'arrêtait sur des amants de plus en plus prestigieux jusqu'à la soirée de la veille où elle avait enfin réussi à attirer le marquis dans ses filets.

La prouesse n'était pas mince, car si le marquis avait été, un temps, au vu et au su de tous, le protecteur de certaines des plus désirables et des plus ruineuses d'entre les « belles impures », après être resté pendant plusieurs années plus ou moins fidèle à l'intelligente lady Melbourne, il avait brusquement déclaré que les femmes du monde avaient cessé de l'intéresser.

A leur prétention et à leur afféterie, il préférait l'insouciante franchise des danseuses du corps de ballet, ou alors la compagnie de femmes de la classe de Harriett Wilson (3).

Mais lady Rose était bien décidée à se l'attacher tout entier et, pour captiver le marquis, elle avait déployé l'éventail infini des ressources de sa séduction et toutes les roueries d'un répertoire fort étendu.

Toutefois, elle avait été assez habile pour lui laisser croire qu'il l'avait conquise de haute lutte.

(1) La cour était alors à Saint James. Ce n'est qu'à une date récente que la famille royale s'est installée à Buckingham Palace. Aujourd'hui, Saint James est la résidence de la reine mère.

(2) Lions, beaux et daims : dénominations qui désignaient les hommes à la mode, de la « Fashion », la société élégante.

(3) Courtisane fameuse. Barbey d'Aurevilly la cite dans ses Mémoires. Brummel, l'arbitre des élégances, lui inspirait une jalousie de « femme à femme ». Elle se vantait de l'avoir éconduit.

Elle lui avait vraiment donné du fil à retordre, se disait-il tout en rassemblant ses souvenirs, et il était indéniable qu'il avait pris plaisir à la pousser dans ses retranchements, même si l'issue du combat devait être sans surprise.

Comment avait-il pu s'abuser à ce point? Pas un instant, il ne lui était venu à l'esprit que lady Rose cherchait en lui un mari. L'idée de l'épouser ne l'avait même pas effleuré. La pensée du mariage était d'ailleurs si éloignée de son esprit qu'elle lui paraissait irréelle. Il n'en parlait jamais, sauf avec des parents proches.

Seuls les membres les plus âgés du cercle familial, s'inquiétant de l'absence d'héritier pour lui succéder à la tête de son immense fortune et de ses terres, se permettaient parfois de le morigéner sur ce chapitre.

Maintenant, au souvenir de Rose lui tendant ses lèvres toutes proches en une moue séductrice, il éprouvait presque un sentiment d'horreur.

« Vous m'épouserez, n'est-ce pas, Justin, mon cher amour? » Il n'avait aucune idée de ce qu'il avait pu répondre. Une fois de plus, il tourna ses regards vers elle, et il comprit que son attirance s'était évanouie à jamais.

Une répulsion soudaine le saisit; plus d'une fois dans sa vie, il avait éprouvé cette sensation, toujours annonciatrice d'une série d'événements des plus déplaisants. Il exécrait les larmes, les scènes et les crises de nerfs, et quelle que fût leur violence, ces manifestations n'avaient jamais pu le décider à revenir sur sa détermination à rompre.

« Lady Caterham ne m'intéresse plus. »

Il lui sembla que ces paroles avaient été dites par un autre, car ces mots, qu'il avait prononcés à voix haute, lui martelaient le cerveau comme l'avertissement d'avoir à se hâter : il fallait agir.

Subrepticement, avec la souplesse féline d'un homme dont le corps exercé est rompu à obéir aux moindres caprices de la volonté, le marquis se glissa hors du lit.

Prenant au passage sa tunique jetée en hâte sur une chaise, pieds nus sur l'épais tapis, il gagna la porte à pas précautionneux avec la prudence d'un Peau-Rouge.

Il jeta un dernier coup d'œil vers le lit pour s'assurer qu'il n'avait pas éveillé la belle endormie.

Dieu merci, elle n'avait pas bougé et le ronflement à peine audible avait repris.

Il parvint à sortir sans faire le moindre bruit et, une fois dans le couloir, il referma la porte en silence.

En se hâtant vers sa chambre, il plongea ses regards dans le vaste hall de marbre et aperçut la lumière du jour filtrant à travers les rideaux. Le soleil devait être déjà haut dans le ciel, et il était certainement plus de 4 heures.

Seul somnolait encore, sur une chaise sculptée à dossier droit, au siège garni de cuir, un laquais aux traits tirés par la fatigue d'interminables heures de faction.

A 5 heures, la domesticité au grand complet affluerait des communs et une cohorte bourdonnante de femmes de service et de valets commencerait à nettoyer et à tout remettre en ordre après les débordements de la soirée de la veille.

Le désordre devait être indescriptible : nombre incalculable de verres sales tachant les meubles, coupes de cristal brisées, carafes vides, seaux à glace pleins d'eau, sol jonché de coussins moelleux aux étoffes précieuses, jetés n'importe où, tout froissés – et dans leurs plis, peut-être trouverait-on une mule de satin, une boucle d'oreille en diamant, quelque cravate défraîchie abandonnée.

Le marquis avait encore du mal à reconstituer le déroulement de la soirée. En tout cas, il y avait longtemps qu'il n'avait pas donné de fête aussi tapageuse et, après coup, il regrettait d'avoir ainsi troublé la dignité de la demeure ancestrale et outragé, en quelque sorte, la beauté des lieux.

Son mal de tête se faisant plus aigu, il pensa qu'un bain froid lui ferait du bien.

Sa chambre était une pièce aux proportions impressionnantes. Son grand-père puis son père y avaient dormi avant lui. Il secoua le cordon de la sonnette pour appeler son valet.

Puis il alla tirer les rideaux; de la fenêtre qui surplombait le lac, il pouvait contempler les perspectives du parc qui s'étendait au delà, avec les chênes séculaires noyés de brumes basses dont les arabesques évoquaient tout un peuple de nymphes folâtrant.

Sous les premiers rayons du soleil, le ciel était absolument diaphane et une ou deux étoiles s'attardaient encore, accrochées au voile fuyant de la nuit.

Ce moment, porteur de la promesse d'un jour nouveau, où le calme et le silence de la nuit ne sont pas encore troublés, avait toujours revêtu pour lui un charme étrange qui l'émouvait profondément.

Il s'arracha brusquement à sa contemplation : il avait à régler d'urgence une affaire plus pressante, qui avait nom Rose.

Maintenant, il se concentrait avec âpreté et faisait des efforts désespérés pour se rappeler ce qu'il avait bien pu répondre lorsqu'elle avait parlé mariage.

Avait-il été assez sot pour accepter?

Il se souvenait très bien qu'elle avait prononcé

ces mots quand l'ardeur du désir brûlait en lui comme une flamme. Dans ces moments, un homme dit n'importe quoi. Il la soupçonnait d'avoir délibérément choisi cet instant précis, en toute connaissance de cause.

Et tandis que, les sens embrasés par sa beauté, et à moitié engourdi par les vapeurs du vin, il avait perdu tout contrôle de lui-même, elle, au contraire, était parfaitement lucide.

« Il n'est tout de même pas possible que j'aie été idiot à ce point... ou alors... », se disait le marquis.

La porte s'ouvrit et le valet de chambre entra.

– Vous avez sonné, milord?

Aucune trace d'étonnement dans la voix du serviteur. Rien, dans son attitude, ne dénotait qu'il y eût quelque chose d'inhabituel dans ce réveil matinal.

Ce petit homme, au physique sec et nerveux, était au service du marquis depuis que ce dernier avait été en âge d'avoir un valet de chambre attaché à sa personne. Il veillait sur lui avec le même mélange d'adoration et de sévérité pleine de sollicitude qu'une nourrice.

Le marquis le rabrouait de temps à autre : « Cesse d'être constamment à mes basques, Hawkins », disait-il.

Mais il savait que Hawkins lui était indispensable et il lui rendait bien son affection; l'attachement qu'il éprouvait pour le petit homme le mettait à part de tous les autres membres de la domesticité.

– Prépare-moi un bain froid, dit-il.

– J'ai pensé à vous en préparer un dès hier soir, milord, dit Hawkins.

Il ouvrit la porte d'une petite pièce attenante qui avait servi autrefois de cabinet à perruques et où le père du marquis avait coutume de se poudrer les cheveux. La baignoire, faite pour contenir d'énormes quantités d'eau chaude qu'on faisait monter dans des brocs de cuivre portés par de robustes valets, était, pour l'heure, aux trois quarts remplie d'eau froide.

Hawkins promena ses regards tout autour de la petite pièce. Tout était bien en place : le grand drap de bain à la turque, très enveloppant, déployé sur une chaise, le savon et le gant de toilette à portée de la main et, sur le sol, la descente de bain aux armes de la famille.

– Tout est prêt, milord, dit-il.

Sans dire mot, le marquis défit sa tunique et la tendit à Hawkins, puis il entra dans l'eau froide.

Moins endurci, il eût été saisi d'un frisson glacé, mais il était de longue date habitué aux bains froids qu'il prenait été comme hiver.

Son corps svelte de cavalier accompli, exercé à monter de fougueux chevaux, souvent à peine dressés, était simplement stimulé et revigoré au contact de l'eau. Il y plongea le visage, puis toute la tête.

En sortant du bain, il se sentait déjà infiniment mieux, mais le problème de lady Rose ne lui en sembla que plus urgent à résoudre.

Les propos de l'officier commandant de son régiment lorsque, jeune recrue, il était arrivé à l'armée, lui revenaient en mémoire : « Seuls les sots ne battent pas en retraite face à un ennemi dont la supériorité est écrasante. Dans certaines circonstances, la fuite n'est pas preuve de lâcheté, mais de sens commun. »

« Voilà la solution, se dit le marquis. Prendre le large. »

Tout en se frictionnant, il éleva la voix et demanda à travers la porte entrouverte :

– Hawkins, quelle heure est-il?

– 5 heures juste, milord.

– Va réveiller sir Anthony. Dis-lui que je veux lui parler.

– Parfait, milord.

Hawkins sortit de la pièce. Le marquis espérait qu'à cette heure Anthony serait de retour dans sa chambre.

Il avait semblé fort épris la nuit précédente d'une femme, ravissante d'ailleurs, pourvue d'un mari empêché par quelque motif pressant de se rendre à la réception.

Le marquis s'était vaguement demandé – les affaires de cœur des autres ne l'intéressaient que médiocrement – si, par hasard, lord Bicester, connu pour acquitter ses dettes de jeu avec la bourse de ses amis, ne profitait pas de cette intrigue et d'Anthony, qui était « plein aux as », pour se renflouer. La jeune femme s'était plus d'une fois montrée d'un grand secours en fournissant à son époux l'occasion de se procurer les fonds nécessaires pour assouvir sa passion du jeu. Mais le mot de chantage, de sinistre augure, n'avait bien entendu jamais été prononcé par personne.

Après tout, Anthony était assez grand pour s'occuper de ses affaires. Néanmoins, tout cela se passait sous le toit du marquis, au cours d'une réception donnée par lui, et il se sentait responsable dans une certaine mesure de ce qui se passait. Mais pour l'instant, il désirait simplement demander à Anthony son avis sur ses propres plans.

Il jeta la serviette mouillée sur le sol et commença à s'habiller.

Hawkins avait évidemment prévu qu'il monterait ce matin-là, et il lui avait préparé d'avance son costume d'équitation si admirablement coupé et ses bottes cavalières dont la large bande de cuir contrastée ornant le haut de la tige venait d'être mise à la mode par Bryan Brummel.

Le marquis ne se souciait nullement d'être un dandy. Mais, à l'instar du prince de Galles, il jugeait opportunes les innovations de Brummel sur la scène mondaine.

Les préceptes de Brummel sur les soins de toilette, tel celui qui imposait aux hommes de porter, en toute circonstance, un linge irréprochable changé deux fois par jour, ou des vêtements qui devaient tomber sans un pli, avec une cravate immaculée nouée haut, avaient certainement contribué à améliorer l'apparence de beaucoup.

Comme feu son père, le marquis avait toujours été d'une exigence pointilleuse sur le chapitre de l'habillement et de la toilette mais, dans le cercle de ses relations, les hommes à la mise peu soignée, sinon franchement négligée, n'étaient pas des exceptions. Le changement introduit était certainement positif.

Il avait maintenant fini de s'habiller. Il ne lui restait plus qu'à passer la jaquette aux longues basques. Il achevait de se brosser les cheveux face à un miroir au cadre de bois doré, lorsque son ami pénétra dans la pièce. De haute taille, sir Anthony Derville était fort beau. Toute femme, en le voyant, devait penser qu'il était le plus bel homme que la terre eût porté, jusqu'au moment où, à son tour, paraissait le marquis.

Ensemble, ils étaient insurpassables et l'on racontait qu'une grande dame s'était exclamée, transportée d'enthousiasme : « C'est fort mal en user! Infortunées créatures que nous sommes, nous nous voyons proposer non pas un mais deux morceaux de choix, l'un aussi délectable que l'autre! »

– Pourquoi diable me faites-vous réveiller si tôt? demandait maintenant Anthony, traversant la chambre à la rencontre de son ami. Je venais juste de me coucher.

– Et moi, je viens de me lever, répondit le marquis.

Hawkins sortit et alla attendre les ordres dans le couloir. La porte refermée, le marquis reprit :

– Anthony, je pars. Viendrez-vous avec moi ?

– Vous partez ? Mais où allez-vous ?

Le marquis baissa la voix et lui avoua :

– Rose m'a proposé le mariage et, sur ma vie, je ne peux parvenir à me rappeler ce que je lui ai répondu.

– Grand Dieu ! s'écria Anthony, vous deviez être plus mordu que vous ne voulez bien le dire !

– Non, mais au moment où elle m'a fait sa demande, je devais avoir le jugement quelque peu troublé, répondit le marquis.

Anthony gémit :

– J'ai toujours pensé que Rose saurait faire son chemin, et que, le moment venu, elle ne s'embarrasserait pas de scrupules.

– Je n'ai aucune intention de l'épouser, si c'est de cela que vous voulez parler.

– Et donc vous vous préparez à prendre la fuite...

– Si vous le permettez, nous appellerons cela une retraite stratégique, face à des fortunes contraires d'ordre supérieur, répliqua le marquis.

Il sourit et reprit :

– En fait, vous avez raison, Anthony, je ne suis pas suffisamment courageux pour braver la tempête. Si elle se souvient de ce que je lui ai promis la nuit dernière, et nous pouvons être sûrs que ce sera le cas, elle fera un raffut de tous les diables dès que je lui aurai signifié sans équivoque que je ne garde aucun souvenir de mes paroles.

– ... Mais seulement de ce que vous lui avez fait, acheva brièvement Anthony.

Le marquis ne répondit pas. Après un temps, son ami reprit :

– Vous pourriez faire pire qu'épouser Rose. Elle est sacrément séduisante.

– Pas au réveil en tout cas!

– Ah! voilà donc le fin mot de l'histoire! Bien, bien, bien... Après tout, mieux vaut s'en être aperçu avant de lui passer la bague au doigt.

– En ce qui me concerne, dit brusquement le marquis, il n'est nullement question de mettre la bague au doigt de personne. Je ne souhaite pas me marier, et vous savez très bien que, si je devais un jour enchaîner mon sort à celui d'une femme, ce ne serait certainement pas à celui de Rose Caterham, je vous le jure.

– Très bien, très bien, dit son ami. Ce n'est pas la peine de parler avec cette brutalité.

– Tout cela me donne envie d'être brutal. Je me suis conduit comme un imbécile. Mais après tout, je me suis déjà trouvé dans des situations pires et je m'en suis toujours tiré.

Anthony rejeta la tête en arrière et éclata de rire :

– Vous souvenez-vous du jour où le mari était revenu à l'improviste et où vous aviez dégringolé le long de la gouttière? Dieu, que j'ai ri quand vous m'avez raconté cela! Sur le moment cela n'avait pas dû être une partie de plaisir!

– Non, convint laconiquement le marquis.

– Et ce joli petit morceau, à Newmarket. Comment s'appelait-elle, déjà?

– Pour l'amour du ciel, Anthony, trêve de plaisanteries! Allez vous habiller ou je pars sans vous.

– Je n'en ai pas pour longtemps, dit Anthony. Dites à Hawkins d'envoyer un valet faire mes bagages. Comme vous le savez, je n'ai personne ici avec moi.

– Hawkins va s'en occuper, répondit le marquis. Pendant ce temps, je vais commander le petit déjeuner.

– Brandy pour moi, dit Anthony et cela ne me ferait pas de mal de prendre également une tasse de café si je tiens à rester éveillé. (Il emboîta le pas au marquis qui sortait de la pièce.) Où avez-vous l'intention d'aller?

– Je n'ai pas encore pris de décision bien arrêtée, dit le marquis, mais l'inspiration me viendra pendant le petit déjeuner.

– Fort bien, mais, pour l'amour du ciel, choisissez un endroit où les lits soient moelleux, répondit Anthony. Cela ne sera pas un luxe inutile quand nous arriverons à destination.

Occupé à donner les instructions nécessaires à Hawkins, le marquis ne répondit pas.

– Hawkins, prépare mes bagages et arrange-toi pour que les vêtements de sir Anthony soient prêts en même temps. Nous prendrons le phaéton; Jem et toi nous suivrez dans la berline de voyage.

– Très bien, milord, répondit Hawkins.

Le branle-bas de combat n'avait en rien altéré son impassibilité.

– Fais réveiller Bradley, poursuivit le marquis. Je veux lui donner des consignes et lui indiquer ce qu'il faudra dire aux invités après notre départ.

– Très bien, milord. Mais, si je peux me permettre de poser cette question, où allons-nous? Il serait souhaitable que je sache quelle sorte de vêtements emporter.

Le marquis porta la main à son crâne encore endolori.

– Je ne suis pas encore tout à fait décidé, Hawkins. Mais tu as peut-être une idée?

– Oh, hier, au moment où Sa Seigneurie a fait remarquer qu'il faisait déraisonnablement chaud pour un mois de septembre, j'avais simplement pensé que, personnellement, je ne serais pas fâché de respirer une goulée de brise marine. De celle, par exemple, que Son Altesse Royale goûte en ce moment à Brighton.

Le marquis regarda fixement son valet et s'exclama :

– Mais bien sûr, Hawkins! Tu as raison! Nous allons à Heathcliffe.

– C'est une excellente idée, milord. Nous n'y sommes pas retournés depuis... voyons... ne serait-ce pas quatre ou cinq ans?

– Cinq ans, dit le marquis, bien que je m'y sois arrêté pour déjeuner, il y a deux ans. (Il s'interrompit et murmura comme pour lui-même :) Heathcliffe sera la retraite idéale où nous cacher. (Puis à voix haute, il reprit :) C'est là que nous allons, Hawkins. Mais garde tout cela pour toi. Je n'ai pas envie d'avoir à mes trousses la horde des invités accourus sous le prétexte fallacieux de me tenir compagnie.

Un regard averti passa dans les yeux d'Hawkins.

– Je comprends, milord, mais Monsieur le marquis serait bien avisé d'envoyer en avant un valet à cheval.

– Où qu'elles soient, mes demeures sont en permanence prêtes à me recevoir. Je m'en suis fait une règle absolue, riposta le marquis avec brusquerie.

– Bien sûr, milord, dit Hawkins d'une voix apaisante. Il n'en reste pas moins...

– Oh! très bien, fais comme tu l'entends, dit le marquis. Tu as sans doute raison. Si nous ne prévenons pas de notre arrivée, nous n'aurons probablement rien à nous mettre sous la dent. Mais, pour le reste, si le château n'est pas en état de nous recevoir, je serai très contrarié, que cela soit clair.

Hawkins sortit sans ajouter mot et se hâta d'aller donner les instructions nécessaires.

Le marquis descendit pensivement les escaliers. Il avait le sentiment qu'il ne serait pas mauvais de secouer un peu les serviteurs du château d'Heathcliffe de la léthargie à laquelle ils n'avaient pas dû manquer de succomber après une aussi longue absence de sa part.

Le hasard voulait que, pour la seconde fois en vingt-quatre heures, il pensât à son domaine d'Heathcliffe.

La veille au soir, un de ses invités, une relation de fraîche date, quelque peu dandy, lui avait offert une pincée de tabac à priser, chose qu'en vérité il avait en horreur.

– Non merci, je n'en prends jamais, avait répondu le marquis.

– Mais bien sûr! Comment ai-je pu l'oublier? fut la réponse. J'espère tout de même que vous admirerez cette tabatière. J'en ai fait l'acquisition il y a quelques jours à peine.

Le marquis avait pris la boîte que lui tendait le priseur. Il avait tout de suite reconnu la préciosité de l'objet, une pièce unique. Ce qui retint surtout son regard, ce n'était pas tant l'encadrement de joaillerie et les diamants qui la sertissaient, que le sujet qui ornait son centre : habilement émaillé et incrusté de pierres dures, un vaisseau de ligne avec tout son gréement crachait un feu de rubis sur une mosaïque de minuscules émeraudes figurant la mer.

Le marquis, intrigué, examinait la boîte avec une attention toute particulière.

– Je suis sûr d'avoir déjà vu cette tabatière.

– Vraiment? demanda Peregrine Percival, intrigué. Je l'ai achetée à un courtier, mais il ne m'en a pas précisé l'origine.

– Mais bien sûr! Maintenant je me souviens! s'exclama le marquis. C'est la jumelle d'une de celles que je possède. (Il vit l'étonnement se peindre sur le visage de son interlocuteur, et poursuivit :) Mon père était grand amateur d'objets concernant la mer. La maison où il vivait sur la côte en était remplie, et, si je ne m'abuse, la réplique exacte de cette tabatière figure dans sa collection.

– Comme c'est passionnant! répliqua Peregrine Percival. Il faudra que nous les comparions, un de ces jours!

– Mais oui, certainement!

– L'histoire de cette boîte m'intrigue au plus haut point. Elle paraît dater d'une cinquantaine d'années; un siècle tout au plus.

– Oui, c'est ce qu'il semble.

– Il serait amusant d'en rechercher l'origine, surtout si nous nous y intéressons tous les deux.

Mais ensuite, Rose avait accaparé l'attention du marquis et il avait oublié la tabatière.

A présent, la conversation lui revenait en mémoire, et il se promettait, s'ils allaient à Heathcliffe, d'examiner la tabatière à la frégate. Il vérifierait si son père avait inscrit une mention quelconque à son sujet dans le catalogue, très minutieux, qu'il tenait des objets auxquels il était le plus attaché.

Il éprouva soudain une sorte de bonheur à la perspective de retourner à Heathcliffe. Il avait presque oublié l'existence de cette propriété qu'il possédait sur la côte sud de l'Angleterre.

Les trois étés précédents, il avait accompagné le prince de Galles à Brighton. Son Altesse Royale avait chaque fois tout simplement et tout spécialement exigé sa présence, mais trois semaines suffisaient d'habitude à lasser le marquis : les distractions étaient toujours les mêmes; les tables de jeu lui paraissaient monotones et il était fatigué d'y rencontrer toujours les mêmes gens, soirée après soirée.

Cette année, il en était reparti dès la fin du mois de juillet et, depuis, n'avait pas quitté Veryan.

Son vaste domaine du Kent l'absorbait énormément. Les terres s'étendaient sur plus de 10 000 acres et il s'enorgueillissait d'avoir créé un modèle du genre qui impressionnait fort tous les visiteurs, à commencer par le prince lui-même.

Le marquis organisait de grandes fêtes et entretenait une vaste écurie; il faisait courir ses chevaux dans toutes les grandes courses classiques et comptait bien rester, à l'avenir, un des propriétaires les plus chanceux d'Angleterre.

Rien d'étonnant, donc, que ses terres d'Heathcliffe, comme celles qu'il possédait en Cornouailles, et bien d'autres encore, n'aient pas eu sa visite depuis quelque temps, mais il recevait régulièrement des rapports sur la bonne marche de leur exploitation, et avait sur place des régisseurs tout à fait compétents.

Il prenait parfois le temps d'éplucher les comptes et se faisait un devoir, à l'occasion, de s'informer de tel ou tel poste de dépenses et de demander des explications, ne fût-ce que pour donner à ses mandants le sentiment d'être un peu surveillés.

En fait, Heathcliffe était la plus petite de toutes ses terres. Le domaine n'atteignait pas 5 000 acres, dont une partie en friche.

Son père y avait vécu les dernières années de sa vie, car le climat y était plus clément que partout ailleurs dans les îles Britanniques, et les médecins pensaient que le soleil convenait beaucoup mieux à son état.

Il eût même été préférable qu'il pût vivre à l'étranger, mais la Révolution française d'abord, la guerre contre Bonaparte ensuite, l'avaient forcé à rester au pays.

Le marquis se souvenait combien il avait aimé Heathcliffe dans ses jeunes années; il pensait aux longues journées passées au bord de la mer, où il allait nager; il avait éprouvé là un sentiment de liberté plus fort que partout ailleurs, et dans son adolescence avait préféré cette terre aux autres domaines possédés par son père.

« Anthony et moi y serons seuls, pensait-il, et c'est justement ce que je souhaite. »

Un frisson le parcourut à l'image de Rose, avec ses lèvres barbouillées de rouge et ses joues noircies par le mascara.

Lorsque le phaéton emporta le marquis et son compagnon loin de Veryan, les invités dormaient encore. La légère voiture de maître, haute sur roues, spécialement conçue pour les longs parcours, venait de lui être livrée. Aux couleurs bleu et or de la famille de Veryan, elle était d'une élégance extrême, mais il était douteux qu'à la vue de cet équipage, on eût remarqué autre chose que le tableau formé par le marquis conduisant lui-même le magnifique attelage d'un noir de jais.

Les chevaux, parfaitement assortis, étaient le joyau des écuries de Veryan et l'orgueil du marquis, leur propriétaire.

– Surtout, je vous en prie, ne les menez pas trop vite, recommanda Anthony comme ils s'engageaient dans l'allée principale. Ma tête est sur le point de s'ouvrir en deux et pour peu que nous soyons secoués je sens que je vais me briser en mille morceaux.

– Tâchez de vous maîtriser un peu, répondit le marquis.

– Je pourrais vous renvoyer la balle, rétorqua

Anthony. Que vont dire vos invités quand ils vont s'apercevoir de votre départ?

– Personnellement, cela ne m'intéresse pas le moins du monde, répliqua le marquis. J'ai donné pour consigne à Bradley de leur dire que j'avais été appelé par une affaire de famille de la première importance et que vous aviez été assez aimable pour m'accompagner. Si vous voulez mon avis, je vous rends un fieffé service en vous arrachant des griffes de Lucy Bicester.

– Je ne suis pas éloigné de le penser, dit Anthony. J'avais hier soir le désagréable sentiment que Bicester pouvait arriver d'un moment à l'autre, et il me semblait vaguement qu'elle ne tarderait pas à m'extorquer une somme d'argent tout à fait au-dessus de mes moyens.

Il y eut un instant de silence. Ils étaient arrivés à l'entrée du parc; comme ils passaient devant le pavillon des gardes, une femme alla leur ouvrir les portes : le marquis répondit d'un salut à sa révérence.

– Eh bien, dit Anthony, il me semble que nous l'avons échappé belle. Nous nous étions l'un et l'autre fourrés dans des situations qui auraient pu tourner au désastre.

– Il n'est pas dit que nous y ayons échappé, murmura le marquis à mi-voix.

– Mais que peut donc faire Rose contre vous? Même si elle jure ses grands dieux que vous lui avez promis de l'épouser?

– Je ne sais pas, et je préfère ne pas y penser, répondit le marquis. Les ordres que j'ai donnés sont très clairs : j'ai précisé que personne ne devait être mis au courant de l'endroit où nous sommes. Je veux que personne ne puisse nous suivre.

– Nul doute qu'elle vous attendra et qu'elle

fondra sur vous dès que nous serons de retour à Londres.

– Oh! Pour l'amour du ciel, n'en remettez pas! Ne rendez pas les choses pires qu'elles ne sont! Comment ai-je pu être assez sot pour ne pas me rendre compte qu'elle cherchait à se faire passer la bague au doigt? Je ne suis sûrement pas son premier amant. Après tout, pourquoi faudrait-il que je l'épouse?

Anthony se mit à rire.

– Quel puceau naïf vous faites! Elle a toutes les raisons du monde de vous préférer à Leicester qui n'a pas le sou ou à Selbirm qui n'héritera pas du titre paternel avant dix ans!

– Vous semblez en connaître joliment long sur son compte!

– Son manège avec vous ne m'avait pas échappé, dit Anthony, et j'ai eu le sentiment très vif qu'elle était assez forte pour vous mettre le grappin dessus.

– Vous auriez pu prendre la peine de m'en avertir.

– Vous en avertir! s'exclama son ami. Depuis quand m'autorisez-vous à vous donner des avertissements? Vous êtes tellement persuadé de savoir tout mieux que tout le monde! Si je me risquais à me mêler de la moindre de vos affaires de cœur, vous seriez capable de m'arracher la tête.

Il avait si manifestement raison que le marquis ne trouva rien à répondre et il parut s'absorber davantage dans la conduite des chevaux.

Les voir lancés si parfaitement appareillés lui était certainement d'un grand réconfort. C'étaient les bêtes les plus dociles et les plus faciles à mener qu'il ait connues de toute son existence.

– Désormais, déclara-t-il, je m'en tiendrai aux chevaux.

Anthony se mit à rire.

– En attendant d'être la proie d'une autre beauté qui, au premier regard, aura jeté son dévolu sur votre personne. L'ennui, avec vous, Justin, c'est que vous êtes bien trop beau, bien trop riche et bien trop insaisissable.

– Que voulez-vous dire?

– Je veux dire que si les femmes vous recherchent tant, c'est parce que vous, vous ne faites justement aucun effort pour leur courir après.

– Mais c'est que je n'ai précisément aucun besoin de le faire!

– C'est justement cela qui ne va pas, dit Anthony. Les femmes devraient pourtant savoir que ce qui rend la chasse piquante, c'est de pouvoir convoiter une proie inaccessible.

– Vous feriez mieux d'aller dire cela à Rose ou à votre amie Lucy.

Anthony soupira.

– Laissons là votre cas particulier, et tentons d'envisager objectivement la chose dans son principe même.

– Et cela nous apportera quoi? interrogea le marquis.

– Nous en tirerons des leçons pour l'avenir, répondit Anthony avec hauteur. De Lucy, c'est une leçon que j'ai reçue, et votre Rose Caterham vous en a donné une, elle aussi. Nous serions fous de ne pas mettre ces enseignements à profit.

– Je vous écoute. Allez-y. Venons-en au fait, dit le marquis.

– Vous conviendrez que tout ce qu'on obtient trop facilement nous semble ne pas en valoir la peine.

– Admettons.

– Regardons les choses en face. Nous ne connaissons, vous et moi, que des femmes extrêmement faciles. Et si elles succombent plus vite à vos charmes, c'est que vous avez davantage à leur offrir. Pas une femme au monde qui ne désirerait être marquise de Veryan.

Le front du marquis se rembrunit. Il ne répondit pas. Anthony savait qu'il redoutait encore de se voir marié de force à Rose Caterham. Il savait à quel point cela lui serait intolérable.

Comme si son compagnon avait pensé tout haut, Anthony poursuivit :

– La beauté n'est pas tout, vous le savez comme moi. Ni l'un ni l'autre ne souhaitons épouser ce genre de péronnelles qui font les coquettes avec tous les hommes et n'ont en tête que d'être reines de tous les bals auxquels elles se rendent.

Il y eut un instant de silence, puis le marquis dit :

– Poursuivez, Anthony, vous parlez d'or. J'ai toujours été de votre avis, mais je n'ai pas l'esprit que vous avez pour le formuler.

– Comme mon père avait coutume de le dire : « Mal pense qui ne repense : la flèche tirée ne revient jamais. » Il faut prendre le temps d'y réfléchir à deux fois avant d'agir, poursuivit Anthony, et, pour y avoir manqué, nous nous sommes plus d'une fois trouvés dans de bien mauvais pas.

– Laissons là, je vous prie, ces regrettables aventures, interrompit vivement le marquis, évoquant en lui-même toute une série d'épisodes cuisants qu'il valait mieux s'empresser d'oublier.

– Vous savez très bien à quoi je fais allusion, reprit Anthony. Je pense sincèrement qu'il nous faut à l'avenir être plus raisonnables, et nous y parviendrons si nous consentons à réfléchir davantage à ce que nous faisons.

– Voilà une phrase bien bancale, dit le marquis d'un ton acerbe. Mais qu'importe, j'ai compris l'essentiel. Il est tout de même dommage que nous évoluions, vous et moi, dans un cercle si étriqué. Nous n'avons guère l'occasion d'y cultiver notre esprit comme nous le faisions à Oxford où notre virtuosité rhétorique nous valait tant de succès.

Anthony conclut :

– Nous sommes bien d'accord.

Le marquis se mit à rire.

– Naturellement, dit-il, mais Dieu seul sait ce que l'avenir nous réserve. J'ai tout de même l'impression désagréable que Rose et Lucy ne tarderont pas à être remplacées par deux blondes enchanteresses tout à fait du même acabit.

Anthony leva les bras au ciel.

– Que diable, Justin! vous êtes aussi déprimant qu'une après-midi pluvieuse sur un champ de courses. Où est donc votre goût de l'aventure? Votre optimisme à toute épreuve? Votre foi en votre bonne étoile?

L'ironie était manifeste.

– Oh! Anthony, taisez-vous, dit le marquis. Maintenant c'est vous qui me déprimez, et je suis à peu près sûr que la seule aventure à laquelle il faut n attendre, c'est une roue voilée ou une collisio

Ils déjeunèrent à l'enseigne du *Renard Vol* L'auberge était si agréable qu'ils s'attardèrent et atteignirent la côte plus tard que prévu.

Comme toujours lorsqu'ils étaient seuls, ils prenaient un immense plaisir à bavarder et à plaisanter à leurs mutuels dépens; ils évoquaient le souvenir des événements mémorables qui avaient jalonné leur longue amitié, et ils s'entendaient si bien que l'agrément de cette halte dissipa les maux de tête du réveil. Aussi étaient-ils tous deux d'excellente humeur en abordant la dernière étape de leur voyage.

Un attelage ordinaire aurait obligé le marquis à changer de chevaux, mais ses bêtes avaient du sang arabe dans les veines, et s'il les menait avec douceur sur la dernière portion du parcours, ils résisteraient jusqu'au bout.

– Maintenant que la paix a été signée, dit-il, il serait temps de leur faire reprendre la route de Douvres.

– Je pensais que vous vous étiez déjà rendu en France.

– Non, je n'ai pas le projet d'y retourner avant un mois, expliqua le marquis. Après une guerre, il est toujours bon d'attendre, avant de se rendre dans un pays éprouvé, qu'il ait repris le train de la vie ordinaire, et qu'il soit rendu au bien-être le plus élémentaire.

– Beaucoup vantent déjà les délices de Paris, répliqua Anthony. On m'a dit qu'on était agréablement impressionné, dès l'arrivée à Calais, par l'excellent accueil. De plus, il paraît que les Françaises sont absolument fantastiques.

– Nous irons le mois prochain, promit le marquis. [illegible]rcival m'a raconté que, dans les jardins du Palais-[illegible]l, les femmes portaient des robes drapées à la [illegible]que et qu'elles avaient les cheveux oints d'hui[illegible] parfumées.

Anthony rit.

– Nous ne manquerons pas de nous y rendre, mais il nous faudra également aller voir le Premier Consul. Ce n'est sûrement pas le monstre qu'on nous décrit.

– Reste surtout à souhaiter qu'il ne soit pas aussi intelligent que je le crois, objecta le marquis.

– Comment cela?

– Je le soupçonne, tandis que nous nous vautrons dans les délices de la paix, oubliant nos anciens griefs et parlant tranquillement de retour à l'abondance, d'en profiter pour remettre sur pied son armée et renforcer sa flotte.

– Absurdité pure, répondit Anthony. Je suis persuadé qu'il est loyalement décidé, comme nous, à considérer le passé comme étant le passé.

– Espérons que l'avenir vous donnera raison, dit le marquis. Nous verrons bien par nous-mêmes quand nous serons en France. Paris sera délicieux le mois prochain, il y fera certainement moins chaud qu'en ce moment.

Ils allaient ainsi, parlant de choses et d'autres, et vers le soir, ils virent soudain se profiler à l'horizon la longue ligne des Downs : le voyage tirait à sa fin.

– Je n'étais pas venu à Heathcliffe depuis des années, dit Anthony. La dernière fois que j'ai séjourné chez vous, nous étions encore enfants et je me souviens que votre père s'était mis dans une colère noire contre un de vos voisins.

– L'amiral, son ennemi juré ! lui rappela le marquis. La haine mutuelle de ces deux vieux soldats leur fouettait le sang et cette fureur leur donnait une jeunesse de cœur qu'ils conservèrent jusqu'à la disparition de mon père.

– Mais quelle était l'origine de la querelle ?

– J'ai oublié – si tant est que je l'aie jamais su. Quand mon père fit l'acquisition du domaine d'Heathcliffe, il découvrit qu'au beau milieu de la propriété, à une demi-lieue seulement du château même, il y avait une enclave de dix acres avec un petit manoir appartenant à un amiral en retraite, qui avait nom... – mais comment s'appelait-il donc ? (Il y eut une pause. Le marquis réfléchissait.) Wadebridge. C'est cela. L'amiral Horatio Wadebridge ! Il semblait en permanence régenter le monde de la dunette du gaillard d'arrière, et mon père devenait fou furieux chaque fois qu'il pensait à lui.

Anthony se mit à rire.

– A propos de quoi se disputaient-ils donc constamment?

– A propos de tout, mais la raison essentielle était que l'amiral ne voulait pas vendre son manoir à mon père. Rien ne l'y forçait, bien évidemment, mais mon père, qui convoitait cette « vigne de Naboth » (1), mit en œuvre tout ce qui était en son pouvoir pour entrer en possession de cette maison – en vain.

– Qu'est devenu l'amiral? demanda Anthony.

– Il est probablement mort. Il avait à peu près le même âge que mon père.

– Et maintenant, qui est propriétaire de la « vigne de Naboth », comme vous l'appelez?

– L'amiral a un fils; j'imagine qu'il a hérité de la propriété, répondit le marquis. Ce fils est beaucoup plus âgé que moi, aussi peut-être s'est-il lui aussi retiré au manoir dans le seul but de pouvoir à son tour se quereller avec moi lorsque je viendrai finir mes vieux jours sous ces climats marins.

– Il lui faudra tout de même attendre un bout de temps, fit remarquer Anthony. Mais peut-être est-il, lui, désireux de vendre?

– C'est possible, acquiesça le marquis, auquel cas je n'hésiterai pas à acheter.

– La terre du domaine ne vous suffit donc pas?

– On ne possède jamais trop de terre. Voyez les

(1) L'histoire est racontée dans la Bible (III, Rois, XXI). Naboth possédait sur le territoire de Jezrael une vigne qui touchait le palais d'Achab, roi d'Israël (874-853 av. J.C.) Le prince lui ayant proposé de la lui acheter, Naboth refusa, la loi défendant toute aliénation de biens patrimoniaux. Pour satisfaire le caprice de son époux, la reine Jézabel suborna de faux témoins qui accusèrent Naboth de blasphème et le firent condamner à mort. Le prophète Elie, au moment où Achab prit possession de la vigne, prédit aux époux qu'ils la paieraient de leur vie et de la ruine de leur dynastie. (Résumé dans *Athalie*, Acte I) (N.d.T.)

Cecil (1). Ils n'ont jamais cessé d'accroître leur fortune terrienne à travers les siècles. C'est ce que je me dois de faire pour ceux qui viendront après moi.

– Dieu du ciel! s'exclama Anthony, vous voilà en train de tirer des plans sur la comète. Peut-être, après tout, devriez-vous vous marier et continuer la lignée des Veryan qui, d'ailleurs, jusqu'ici, m'ont tout l'air de s'être pas mal débrouillés depuis Charles II.

– Charles Ier, depuis Charles Ier, corrigea le marquis. Nous sommes très prolifiques, et j'ai une flopée de cousins.

– Mais vous voulez tout de même un fils bien à vous pour continuer la lignée? insista Anthony.

– Bien sûr, admit le marquis, mais rien ne presse et laissez-moi vous le dire tout net : le prénom de sa mère ne sera pas Rose.

Le ton était si féroce qu'Anthony éclata de rire; désarmé, le marquis ne put que l'imiter.

Du bout de sa cravache il désigna un point de l'horizon.

– Heathcliffe est là, derrière ces arbres.

Le château apparut et Anthony reconnut la longue construction basse que le père du marquis avait agrandie et améliorée avec l'aide d'un des plus grands architectes du temps.

Elle était parfaitement située : légèrement en contrebas, au pied des Downs, et bien qu'abritée de trois côtés par un épais bosquet qui la protégeait des vents de la mer, elle semblait, de sa hautaine façade, commander à la majesté des lieux.

Depuis bientôt une heure, ils pouvaient goûter

(1) Lord Cecil était lui aussi de l'entourage de Brummel et de ses admirateurs. Grand auteur d'épigrammes...

sur leurs lèvres la saveur de l'air marin et le vent frais du large leur fouettait enfin le visage après la chaleur étouffante du voyage.

Les chevaux forçaient d'eux-mêmes l'allure comme s'ils avaient conscience de toucher au but où une stalle confortable les attendait.

Ils s'engageaient maintenant dans l'allée conduisant au château. La façade de l'imposante demeure se dressait devant eux. Sous ces climats, la brique rouge avait pris avec le temps une patine d'un rose sombre et chaleureux.

– J'avais oublié cette splendeur, dit Anthony. Vous avez tort de ne pas venir ici plus souvent.

– Je m'en faisais à l'instant le reproche, répondit le marquis. Je ne comprends pas ce qui a pu m'éloigner d'ici pendant si longtemps.

– Il y a ici quelque chose de tellement prenant et de tellement romanesque, reprit Anthony d'un ton pénétré. Regardez ces fleurs, elles sont à peindre; c'est à perdre le souffle.

– Oui, mon père était grand amateur de beaux jardins et il passait sa vie dans le parc à l'aménagement duquel il avait consacré beaucoup de temps et d'argent, dit le marquis. Je craignais un peu qu'avec la guerre et le manque de main-d'œuvre, il ne soit resté à l'abandon, mais je vois qu'il n'en est rien.

Frappés des rayons du soleil couchant, les vitraux des innombrables fenêtres étincelaient et la maison semblait leur adresser un chaud salut de bienvenue, tandis que l'attelage approchait du perron.

Deux palefreniers se tenaient prêts à prendre les guides et, tandis que le marquis descendait de voiture, quelque peu ankylosé après ces longues heures de voyage, un vieil homme aux cheveux blancs apparut en haut des marches.

– Bonsoir, Markham, dit le marquis.

– Bonsoir, milord. Puis-je vous souhaiter la bienvenue et vous exprimer tout le plaisir que j'ai à vous voir ici?

– Merci, Markham, répondit le marquis. Voici sir Anthony Derville que vous avez connu enfant. Vous en souvenez-vous?

– On m'a dit qu'il vous accompagnait, milord, et c'est un grand plaisir pour moi, sir Anthony, de vous rencontrer à nouveau.

Markham, régisseur du domaine depuis plus de trente ans, les précédait dans la fraîcheur du hall empli de fleurs.

– Je vois que j'étais attendu, dit le marquis.

– Je suis très reconnaissant à Monsieur le marquis d'avoir été assez aimable pour me faire prévenir de sa visite il y a quelques heures. Comme vous le savez, tout est toujours prêt à vous recevoir, mais je suis heureux que les jardiniers aient pu apporter des fleurs et bien que les draps soient bassinés régulièrement, Mrs Kingdom a eu le temps de placer des chaufferettes dans les lits.

Le marquis sourit et, sans dire mot, ils entrèrent dans une pièce basse, toute en longueur, qui donnait sur le jardin d'agrément derrière le château.

Le père du marquis venait souvent s'y asseoir à la tombée du jour et, pour un peu, on se serait attendu à le voir se lever d'un des confortables fauteuils qui se trouvaient là pour accueillir les arrivants.

Tous les objets réunis ici par feu le marquis étaient non seulement d'un goût parfait mais de grande valeur.

Le marquis promenait ses regards autour de la pièce avec un sentiment de satisfaction intérieure. Les marines qui ornaient les murs étaient parfaitement appropriées au cadre. Rien n'avait changé ici depuis son enfance et il en fut tout à coup comme apaisé.

– J'avais pensé que Sa Seigneurie aimerait prendre un bain avant le dîner, dit Markham. Tout est prêt là-haut et en attendant l'arrivée de votre valet de chambre, un domestique va s'occuper de vous.

– Hawkins n'est sûrement plus très loin, maintenant. Nous nous sommes attardés un peu plus que prévu à déjeuner, dit le marquis, et, de toute façon, je savais que la berline ne pourrait rivaliser avec mon phaéton.

Il parlait avec une légère nuance d'orgueil dans la voix qui sembla à Markham un discret appel aux compliments, et Markham n'en fut pas avare :

– En voyant Sa Seigneurie remonter l'allée, je pensais que je n'avais jamais vu de si bel attelage.

– Eh bien! Est-ce un hasard? Moi non plus! répondit le marquis. (Il se tourna vers son ami.) J'imagine, Anthony, qu'avant toute chose, vous aimeriez vous décrasser.

– Sûrement. Mais je ne détesterais pas d'abord boire quelque chose.

– J'ai mis une bouteille de champagne à rafraîchir dans le seau à glace, milord, dit Markham. Il y a également du bordeaux, si vous préférez...

– Champagne pour moi, dit Anthony avant même que le marquis ait pu répondre. Et espérons qu'on pourra en trouver plus facilement, maintenant que la paix est signée.

– J'imagine que, par ici, les gens n'ont eu aucune difficulté à trouver du vin pendant la guerre, commenta sèchement le marquis. Est-ce qu'ils ont pris part au trafic de contrebande qui sévit dans toutes les villes de la côte?

– La contrebande est très peu florissante ici, milord, répondit Markham; les bandes organisées et, dirais-je, les plus dangereux trafiquants opèrent plutôt du côté de Romney Marshes.

– J'ai beaucoup entendu parler de ces contrebandiers qui introduisent par voie secrète les alcools prohibés, dit le marquis, et je suis soulagé d'entendre que vous n'avez pas été importunés par eux. On m'a rapporté qu'ils terrorisaient les populations locales.

– Nous avons eu beaucoup de chance, milord, dit Markham.

Il fit signe, d'un claquement de doigts, à un serviteur qui les avait suivis et qui se mit aussitôt en devoir d'ouvrir la bouteille de champagne.

Le regard du marquis s'attarda un instant sur l'homme, un robuste gaillard d'une vingtaine d'années.

Il portait la livrée des Veryan, mais le vêtement ne semblait pas lui aller parfaitement, et le marquis eut la vague impression que l'homme était quelque peu gêné aux entournures.

Quelle ne fut pas sa surprise d'apercevoir, le temps d'un éclair, à la faveur du jeu des manchettes de la jaquette tandis que le valet versait le champagne, qu'il portait au poignet... un tatouage!

– Etiez-vous dans la marine? demanda-t-il.

– Oui, milord.

– Alors je suppose que vous n'avez été rendu que récemment à la vie civile.

– C'est cela même, milord.

– C'est curieux, j'avais imaginé que je ne trouverais au château que d'anciens serviteurs.

Le valet jeta un regard rapide en direction de Markham qui crut bon d'expliquer:

– Un grand nombre de vos gens nous ont quittés. Ils sont partis à la guerre ou ont pris leur retraite. Depuis la fin de la guerre, nous avons pu les remplacer par des hommes plus jeunes, comme Billy que vous voyez ici.

– Eh bien, nous avons beaucoup de chance, approuva le marquis. J'espère, Billy, que vous vous plairez au château.

– J' suis très heureux d'avoir la place, m'lord.

Le marquis se disposait à ajouter quelque chose, mais Anthony l'interrompit, levant son verre :

– A votre santé, Justin! Je trouve délicieux d'être de retour à Heathcliffe.

– Merci, dit le marquis. Markham, prenez donc un verre avec nous. Un retour au bercail est certainement le meilleur des prétextes pour porter un toast.

– Milord est trop bon.

Le marquis percevait une note de soulagement dans sa voix.

Un bref instant, il se demanda pourquoi diable son régisseur pouvait bien se sentir soulagé, mais il n'avait pas plutôt achevé son verre de champagne qu'il oublia s'être même posé la question.

2

Le maître de céans dîna de bonne heure, aussi resplendissant dans ses vêtements de soirée que s'il s'était habillé pour une réception à Carlton House (1).

Tandis qu'il descendait l'antique escalier de chêne, il songea que l'odeur de cire d'abeille et de lavande le changeait agréablement de la soirée de la veille, saturée des lourds parfums exotiques des femmes.

Il se sentait d'humeur à s'enchanter de tout ce qui touchait à Heathcliffe.

Il allait entrer au salon mais il se ravisa : il lui prit soudain l'envie de rendre d'abord une première visite à la bibliothèque qui avait toujours été en quelque sorte le saint des saints, lieu secret où son père aimait à se retirer. Le vieux marquis y conservait nombre de ces trésors auxquels il était si attaché pour les avoir rassemblés lui-même.

Les magnifiques tableaux qui ornaient les murs de Veryan et la demeure familiale de Londres avaient été hérités du grand-père du marquis, grand amateur d'art qui consacrait des sommes fabuleuses à sa collection, une des plus belles d'Angleterre.

Il avait également pour les meubles un goût très sûr et n'avait cessé d'accroître la collection de

(1) Résidence londonienne du prince de Galles.

laques rouges commencée par un Veryan du règne de la reine Anne.

Assurément, il eût été difficile au père de l'actuel marquis de surpasser son fastueux ancêtre; il n'en avait pas moins le goût excellent et possédait une fortune qui lui permettait de donner libre cours à sa fantaisie; il avait imaginé, à la fin de sa vie, lors de son séjour à Heathcliffe, de collectionner les objets anciens ayant quelque rapport avec la mer.

Sur les rayons de la bibliothèque s'alignaient des éditions originales que tout connaisseur et assurément tout musée maritime lui auraient enviées.

Les murs du château étaient ornés de haut en bas de marines dues à des artistes en renom, ce qui avait fait dire à un bourlingueur, ami du vieux marquis, qu'il avait davantage le mal de mer à Heathcliffe qu'à bord des bateaux sur lesquels il avait navigué toute sa vie.

Le père de Justin possédait aussi une collection de tabatières.

Chacune d'entre elles avait en quelque façon un lien avec les choses de la navigation; le marquis se souvint tout à coup de la tabatière que Peregrine Percival lui avait montrée, la nuit précédente, et il voulut retrouver sa jumelle.

Qu'il pût y avoir deux boîtes à priser exactement semblables, cela l'intriguait, car les artistes de cette époque fabriquaient, sur commande d'ordinaire, des pièces uniques à l'intention de leurs clients fortunés.

Evidemment, pour certains objets anciens comme les vases grecs qui étaient tellement recherchés, si l'on pouvait réunir la paire, ils acquéraient du même coup non seulement le quadruple, voire le quintuple de leur valeur, mais encore c'était leur assortiment même qui devenait en quelque sorte l'objet unique.

Comme le salon, la bibliothèque était fleurie en l'honneur de son retour.

Cependant, malgré le parfum des fleurs, flottait encore une légère odeur de renfermé, mêlée à celle du vieux cuir, et il alla ouvrir une fenêtre.

Rien ne semblait changé. Les objets familiers étaient disposés sur le bureau, comme du vivant de son père : le sous-main avec ses coins dorés, orné du blason des Veryan, le vaste écritoire d'or massif avec le pose-plumes, ciselé sous le règne de Charles II par un des plus grands orfèvres du temps, et tant d'autres petits objets qui avaient enchanté son père.

Il y avait un ensemble à ouvrir les lettres, enrichi de pierres précieuses, une loupe, un porte-plume et une douzaine d'autres babioles qui avaient si souvent fait trépigner de joie le marquis enfant.

Un sourire détendit ses traits. Instinctivement, son regard alla se poser à l'autre bout de la pièce où se dressait un grand cabinet en marqueterie dans le goût français. C'est là, dans le corps supérieur du meuble formant vitrine, que son père enfermait la collection de tabatières précieuses.

« Voyons, se dit-il, si la tabatière de Peregrine Percival est vraiment pareille à la nôtre. »

Mais quelle ne fut pas sa surprise lorsque, approchant du meuble, il constata qu'il n'y avait plus là que quelques-unes des pièces qu'il s'attendait à y trouver.

Sa mémoire lui jouait-elle des tours?

Non, il en était certain : par le passé, les tabatières étaient serrées les unes contre les autres et l'on n'aurait pu trouver la place d'une pièce supplémentaire. Maintenant, il n'en restait plus qu'une douzaine, qui se détachaient nettement sur le fond de velours bleu foncé.

La façon dont elles étaient disposées pouvait paraître un effet de l'art, mais le marquis eut le sentiment très vif qu'on avait volontairement occupé l'espace laissé vide par les pièces manquantes.

Il fit un effort pour se rappeler les choses avec précision. Mais non, il était sûr de lui. La collection de son père était beaucoup plus importante.

Peut-être certaines boîtes avaient-elles été rangées ailleurs, dans le grand salon par exemple.

Il examina attentivement celles qui restaient; la plupart étaient effectivement des pièces uniques d'une facture absolument inimitable.

Certaines étaient serties de pierres précieuses; mais de la frégate faisant voile sur une mer d'émeraudes, aucune trace!

Naturellement! Comment n'y avait-il pas pensé plus tôt! Markham, en régisseur zélé, avait certainement voulu mettre les boîtes les plus précieuses en sécurité dans le coffre monumental qui se trouvait, si ses souvenirs étaient bons, près de l'office.

Mais oui, elles étaient sûrement là. Le marquis poussa un soupir de soulagement. Il les avait bien crues disparues à jamais, ces tabatières qui lui importaient tant, et s'il y était attaché, c'est justement parce qu'elles avaient tant représenté pour son père.

« Demain, il faudra que j'en parle à Markham », se promit-il.

Il y avait d'ailleurs bien d'autres choses dont il devait l'entretenir, concernant le château et le domaine.

Il referma la porte de la bibliothèque et alla attendre Anthony dans le salon.

La soirée était étouffante et on avait laissé ouvertes les grandes croisées à la française qui donnaient sur la terrasse. Il se tint là un moment, à contempler le jardin où languissaient les dernières roses autour d'un très ancien cadran solaire.

Une faible brise soufflait de la mer. Il pensa qu'il était resté bien trop longtemps éloigné de ses terres d'Heathcliffe et résolut de ne pas laisser passer une autre année sans y revenir pour un séjour de quelques semaines.

Anthony le rejoignit sur la terrasse.

– Je ne parviens pas à comprendre pourquoi vous venez si rarement ici, Justin, dit-il.

– Je me posais la même question, répondit le marquis. L'an prochain, c'est décidé, nous viendrons ici au lieu d'aller nous pavaner de long en large sur la Steine (1) en compagnie de toute cette bande de raseurs qui n'ont pas la moindre once de cervelle.

– Peut-être ne vous soucierez-vous nullement de m'inviter l'an prochain. (Le marquis le regarda, surpris, et Anthony poursuivit avec un sourire :) En m'habillant pour le dîner, l'idée m'a traversé l'esprit qu'Heathcliffe pourrait être le lieu rêvé pour une lune de miel.

– Si vous persistez à vouloir sans cesse me parler de mariage, je vais vous frapper, dit le marquis. Nous sommes ici pour préserver notre célibat, alors buvons plutôt à cet état béni.

Ils quittèrent la terrasse. Un valet entra, portant un plateau avec deux verres en cristal. Le majordome suivait, tenant une bouteille de champagne emmaillotée dans une serviette.

– Vous n'êtes pas Bateman, lui dit le marquis.

– Non, milord. Mon nom est Travers.

– Et Bateman? Que lui est-il arrivé?

(1) La « Promenade » du bord de mer, à Brighton.

– Il a pris sa retraite, milord, je crois qu'il vit au village. Il possède une petite maison.

– J'ignorais qu'il était âgé au point de s'être déjà retiré, dit le marquis. Eh bien, j'espère que vous vous en tirerez, et que le travail à Heathcliffe vous plaira.

– Merci, milord, je m'efforcerai de m'acquitter de ma tâche à la satisfaction de Sa Seigneurie.

L'homme plut au marquis. Il fut frappé par un certain air martial qui émanait de toute sa personne.

– Chez qui serviez-vous avant que Markham ne vous engage à Heathcliffe ?

– Je servais en mer, milord.

Le marquis ne fit aucun commentaire. Il se contenta de regarder l'homme attentivement et conclut, en son for intérieur, que Markham n'avait pas fait un mauvais choix.

Il lui effleura vaguement l'esprit qu'en ces jours de paix revenue, nombre d'anciens marins démobilisés devaient être à la recherche d'un emploi.

Cependant, sur ses terres, il s'était toujours fait une règle de n'engager que des domestiques appartenant à des familles qui avaient déjà servi au château du temps de son père, voire de son grand-père.

A Veryan, certains garçons d'office représentaient la cinquième génération de domestiques. Quant aux filles de ces familles de serviteurs, elles considéraient souvent, lorsqu'elles étaient en âge d'être engagées, que travailler à la « Grande Maison » était un droit.

Il avait pensé que le même principe était en vigueur à Heathcliffe.

Il fit un effort pour se rappeler le petit village voisin du château d'une demi-lieue, mais décidément, il avait perdu le compte de ses habitants.

– Vous êtes bien silencieux, Justin, fit observer Anthony.
– Je réfléchissais, répondit le marquis.
– Pour moi, je suis si fatigué que je suis incapable de réfléchir à quoi que ce soit, sauf à l'excellent lit qui m'attend là-haut.
– Vous devriez vous réjouir de ne pas avoir à faire l'empressé auprès de Lucy, et c'est un euphémisme.
– Voulez-vous parier que Bicester va rappliquer ce soir à Veryan en disant qu'après tout il a décidé d'accepter votre invitation?
– Dans ce cas, il trouvera le château vide de ses hôtes, répliqua le marquis. Vous pouvez être sûr qu'à l'heure qu'il est, Bradley a réexpédié tout le monde à Londres.
– Je peux imaginer leur fureur, dit Anthony. Ils espéraient rester encore au moins une semaine.
– Si vous voulez mon avis, les raouts durent toujours beaucoup trop longtemps, dit le marquis. Les premiers soirs, la conversation est animée et distrayante mais, ensuite, les plaisanteries s'usent, et notre propre verre finit par nous sembler sale.
– Vous êtes beaucoup trop gâté, voilà la vérité.
– Ne soyez pas absurde! répondit le marquis. La vérité est que nous sommes beaucoup trop intelligents pour le genre de gens que nous sommes obligés de fréquenter.
Anthony se mit à rire.
– Je donnerais cher pour voir leurs têtes s'ils vous entendaient.
– Pour l'instant, je n'ai vraiment aucune envie qu'ils m'entendent car je ne veux voir absolument personne, répondit le marquis d'un ton irrité.
Mais le majordome annonçait le dîner. La table était servie dans une pièce décorée avec un goût exquis, donnant sur une autre partie du jardin.

Tout un pan de mur était occupé par une immense fenêtre restée ouverte. Le soleil disparaissait derrière la sombre ligne des arbres, faisant flamboyer l'horizon d'une gloire de rayons.

– Tout cela est à peindre, dit le marquis.

– Dans le genre, on n'a jamais fait mieux que Van de Velde, et j'ai pu voir, dans l'escalier, que vous aviez deux excellents tableaux de lui.

– L'artiste a représenté la mer, c'est pourquoi mon père a tenu à ce que ces tableaux fussent accrochés ici, répondit le marquis.

Ils s'installèrent. Sur la table éclairée par des chandeliers d'or massif, on avait placé un surtout d'or ciselé : cette pièce d'orfèvrerie représentait une frégate. Anthony contempla l'objet avec une admiration non dissimulée.

– Votre père avait vraiment toutes les raisons du monde de vouloir collectionner les objets ayant un rapport avec la mer! Ce que je comprends moins bien, c'est pourquoi vous vous intéressez si peu à toutes ces merveilles, que vous laissez ici au lieu de les mettre à Veryan ou à Londres.

– Cela ne m'est jamais venu à l'idée, dit le marquis avec simplicité. Ces objets font partie intégrante du château d'Heathcliffe et je tiens à ce qu'ils demeurent dans leur cadre.

Les tabatières lui revinrent en mémoire, et il décida de ne pas montrer la vitrine à Anthony jusqu'à ce que la collection fût de nouveau à sa place, au complet.

Le dîner était excellent, et le marquis nota avec satisfaction que le poisson était un arrivage du jour, probablement pêché à proximité, et que les perdrix, dont la chair était peut-être un peu ferme, avaient, de toute évidence, été abattues à l'annonce de leur arrivée.

En revanche, la pièce de bœuf était tendre et

cuite à cœur, et lorsqu'on posa les fruits sur la table, Anthony, qui s'était resservi de chaque plat, s'exclama :

– Quel dîner! Je pensais être trop fatigué pour avaler quoi que ce soit mais, en fait, je me sens bien mieux maintenant.

– L'air de la mer vous a mis en appétit, expliqua le marquis. Vous verrez demain, vous serez d'attaque pour dévorer un bœuf entier.

– J'espère que nous allons prendre un peu d'exercice.

– Nous irons tous les jours faire quelques brasses et – naturellement – nous monterons. J'ai demandé à Bradley de nous envoyer une douzaine de chevaux.

– Geste magnifique, s'il en fut.

– Il ne sera pas dit que vous vous serez ennuyé ici.

– Je suis vraiment très impressionné! Je le serais davantage si je pouvais être sûr que ce n'est pas à vous-même que vous pensez surtout... dit Anthony pour taquiner son ami.

– J'ai toujours pensé qu'à la campagne chacun devrait pouvoir organiser ses loisirs comme il l'entend, répondit le marquis avec hauteur, et j'entends que ce soit le cas pendant tout le temps que nous nous cacherons ici.

– Nous nous cachons donc? interrogea Anthony. Vous admettez que nous sommes venus pour cela!

– Evidemment! répondit le marquis. Je n'ai aucune intention de rentrer à Londres avant d'être sûr que les orages sont apaisés.

– J'ai le sentiment qu'il vous faudra attendre un certain temps (Anthony souriait.) Mais vous vous ennuyez vite, Justin, et vous connaissant comme je vous connais, j'ai un peu peur que la paix et la tranquillité des lieux champêtres où il ne se passe jamais rien ne vous pèsent rapidement.

– Si c'est le cas, je vous le ferai savoir. Mais une chose est sûre : nous trouverons dans ce cognac un réconfort précieux.

Anthony sirota une gorgée d'alcool.

– Vous avez raison, dit-il. Il est exceptionnel.

– Il a dû séjourner longtemps en cave, dit le marquis et il n'est pas impossible qu'il ait traversé le Pas-de-Calais au nez et à la barbe des gardes-côtes.

– Les contrebandiers! s'exclama Anthony. Eh bien, si vous commencez vraiment à vous ennuyer, nous pourrons toujours nous joindre à eux.

– Oui, mais, désormais, la guerre est finie, et il n'y a plus aucune raison de faire de la contrebande, dit le marquis, si ce n'est pour éviter de payer les droits de « passe-debout ».

– C'est vrai, accorda Anthony. Ne trouvez-vous pas que la paix revenue nous prive parfois de ce qu'une existence plus risquée pouvait nous apporter de passionnant – excepté les femmes, bien entendu?

– Vous voilà encore à parler des femmes! s'exclama le marquis. Au diable le beau sexe et les périls de la contrebande! Je me refuse à leur accorder une pensée, même en rêve, et ne veux songer qu'à la paix et au bonheur de vivre en nous étant retrouvés.

– J'y lève mon verre! dit Anthony. Puisse ce goût des vertus essentielles durer longtemps!

– La vérité, c'est que vous êtes bien trop cynique, répondit le marquis.

– Voilà maintenant l'hôpital qui se moque de la charité! s'exclama Anthony. Vous ne changerez jamais; si vous deviez persister dans ces dispositions bénies, j'en serais extrêmement surpris.

Le majordome vint placer deux carafes sur la table, l'une de cognac, l'autre de porto, puis il se retira, suivi des valets.

Un fracas soudain se fit entendre à l'office et le marquis fronça les sourcils.

Il avait parfaitement remarqué, au cours du dîner, que le majordome avait assuré le plus gros du service, pendant que les valets semblaient tous quatre aussi empruntés et mal à l'aise les uns que les autres.

Ils semblaient ficelés dans leurs livrées. Le marquis, avec cet œil infaillible qu'il avait pour les détails et son goût de la perfection, décida d'en parler à Markham dès le lendemain.

Le soleil n'était plus maintenant qu'une lueur dorée derrière les arbres, mais leur ligne sombre se détachait encore sur les teintes changeantes du lointain. Le marquis crut entendre le cri aigu de la première chauve-souris.

Il se carra confortablement dans son fauteuil et se dit que, finalement, il se sentait en paix avec lui-même et avec le monde entier.

C'est alors que, de la fenêtre, on distingua un bruit de pas qui se rapprochaient, et une voix grave et bien timbrée proféra :

– Plus un geste, messieurs, je vous prie !

Médusé, le marquis ne pouvait détacher ses yeux de la fenêtre ouverte.

Debout, dans l'encadrement, se tenait un homme, un pistolet dans chaque main.

Bizarrement, au lieu de porter le masque, il avait la tête enfermée dans une cagoule qui lui couvrait tout le visage, fendue à l'endroit des yeux, du nez et de la bouche. L'allure était étrange et inquiétante : l'homme était élégamment vêtu : cravate haute d'un blanc immaculé, savamment nouée, jaquette tombant à la perfection, culotte de daim et bottes impeccablement cirées.

– Restez à votre place, milord, si vous ne voulez pas avoir un morceau de plomb fondu dans l'épaule.

Il parlait sur un ton calme et posé, mais la détermination qui perçait dans sa voix était plus menaçante encore que les pistolets.

Frappé de stupeur à sa vue, le marquis entendit s'ouvrir la porte qui donnait dans le hall et, en tournant la tête, il vit entrer un comparse, la tête encapuchonnée, lui aussi.

Il traînait un sac noir lourdement chargé et, tandis qu'il s'approchait de la table, le marquis nota qu'il était habillé bien différemment. Son allure était gauche et il portait une jaquette de coupe désuète, un peu étroite.

Il paraissait savoir exactement ce qu'il avait à faire et vint se poster sans hésitation près du marquis. L'homme à la fenêtre ordonna :

– Messieurs, veuillez avoir la bonté de poser sur la table l'argent et les bijoux que vous avez sur vous.

Le marquis pesait les risques. Si Anthony et lui passaient à l'attaque, à eux deux ils pourraient avoir facilement le dessus sur les voleurs.

Il hésitait encore lorsque, par la porte donnant sur les logements des domestiques, un troisième homme entra.

Il tenait à la main un sac noir.

Maudissant l'impuissance à laquelle il était réduit, le marquis tira de sa poche une bourse pleine de pièces d'or. Ordinairement, le marquis ne portait jamais d'argent sur lui mais, lorsqu'il était avec Anthony, il jouait souvent au piquet et il était beaucoup plus simple de jouer avec des espèces qu'avec des billets à ordre.

A son tour, Anthony s'exécuta.

– Bague et épingle de cravate, intima l'homme de la fenêtre. (Puis s'adressant au marquis et le tenant au bout de son pistolet :) J'imagine, milord, que vous portez une montre.

Le marquis eut un haut-le-corps. Le refus lui venait aux lèvres, mais le pistolet restait pointé vers lui à moins de dix pieds, et quelque chose lui disait qu'il serait insensé de prendre des risques.

La montre de gousset avait appartenu à son père, et elle était montée sur une chaîne d'où pendait une breloque de joaillerie, sertie d'une énorme émeraude d'une eau très pure, et qui représentait pour le marquis comme une sorte de fétiche porte-bonheur.

Il ne portait qu'exceptionnellement la chaîne giletière et la breloque, en tout cas jamais pendant la journée, se conformant en cela aux édits de Beau Brummel qui jugeait trop ostentatoire le port de bijoux pour les hommes.

Mais, ce soir-là, cette chaîne de gousset, il la portait bel et bien. Il l'avait accrochée à sa ceinture dans un mouvement impulsif, en pensant à son père. Maintenant, il regrettait son geste étourdi.

Le comparse prit la montre, l'argent et les objets qu'Anthony avait posés sur la table et attendit les instructions.

– Le surtout, oui, le bateau, là, sur la table, dit la voix grave. Vas-y doucement! Il serait vraiment dommage de détériorer une telle œuvre d'art.

On se moquait d'eux, il n'y avait aucun doute là-dessus, et le marquis sentit la fureur le submerger comme une lame de fond. Il crispa les poings et tous les muscles de son corps se tendirent comme s'il allait sauter à la gorge du voleur.

L'homme parut deviner ses intentions et lui dit :

– A votre place, monsieur le marquis, je ne tenterais rien de tel. L'entreprise est désespérée. Un bras en écharpe peut être une gêne considérable.

A nouveau, l'ironie perçait derrière les mots.

– Morbleu, dit le marquis, piqué au vif. Je souhaite que mes yeux puissent vous voir pendu au bout d'une corde, même si ce spectacle devait pour eux être le dernier.

– Je doute fort que vous ayez ce plaisir, répliqua froidement le bandit. Même si, bien sûr, cela devait raviver votre intérêt pour cette existence dont vous êtes si blasé. Ce serait d'ailleurs beaucoup moins palpitant que faire la cour aux femmes ou engager vos chevaux aux courses.

– Je vous dispense de vos insolences, rétorqua le marquis.

Le bandit émit un son qui tenait du gloussement plutôt que du rire. Très visiblement, il avait pris plaisir à taquiner le marquis. Alors, de la main qui tenait toujours le pistolet, il donna le signal du départ à ses complices, qui disparurent par la fenêtre.

Le marquis entendit le bruit de leur fuite précipitée dans le parc.

Le chef des voleurs attendit un instant, immobile, comme pour s'assurer que ses complices étaient hors d'atteinte, sains et saufs. Puis il dit :

– Je vous suggère, messieurs, de rester sur vos sièges pendant les deux minutes qui vont suivre. D'ailleurs, pour le cas où vous songeriez à me poursuivre, je préfère vous préciser que je suis excellent tireur.

Il recula jusqu'à la fenêtre, toujours avec les pistolets pointés.

Puis, avec la rapidité de l'éclair, il disparut comme par enchantement.

Le marquis repoussa violemment son fauteuil en

arrière et se précipita à la fenêtre mais le jardin, maintenant plongé dans l'obscurité, était totalement désert et silencieux.

Prêtant l'oreille, ils purent cependant entendre au loin un bruit de chevaux s'enfuyant au galop.

– J'ai vraiment cru avoir la berlue! s'exclama Anthony.

– Je n'ai jamais été si abasourdi de toute ma vie.

Le marquis surveillait le jardin, tendant toujours l'oreille; au bout d'un instant, il déclara :

– Il est probablement tout à fait vain d'essayer de les rattraper.

– Tout à fait! répondit Anthony. Avant que nous ne nous mettions en selle, ils seront à six lieues d'ici.

Ils retournèrent s'asseoir à table. Le marquis se versa une rasade de cognac et passa la carafe à son compagnon.

– A-t-on jamais vu un coup perpétré avec autant de sang-froid? demanda Anthony.

– L'affaire était préparée de longue date.

– Qu'est-ce qui vous fait penser cela?

– Avez-vous remarqué les deux hommes? Ils ont ramassé le butin sans aucune hésitation. Ils savaient exactement ce qu'ils avaient à faire et n'attendaient que l'ordre de passer aux actes.

– Comment diable ont-ils pu savoir que nous étions là? interrogea Anthony. Après tout, nous venions seulement d'arriver et ce voyage était improvisé. Mais peut-être avaient-ils eu l'intention de venir ici de toute façon?

– Ce n'est pas impossible, dit le marquis. Mais pourquoi justement ce soir?

Il regardait l'emplacement laissé vide au centre de la table par le vaisseau d'or.

– Ils ont dû emporter bien d'autres choses, dit-il.

– Allons voir, répondit Anthony. Nous ne le saurons qu'après avoir fait le tour du château. Mais il me faut d'abord une bonne lampée de ce cognac. Je ne suis guère habitué à voir des voleurs faire irruption dans la salle à manger au milieu de mon dîner.

– Ils m'ont semblé assez différents des bandits à qui j'ai déjà eu affaire, dit le marquis. Pourquoi ces cagoules? Ordinairement, le masque ou le foulard remonté jusqu'aux yeux suffit.

– C'est vrai, acquiesça Anthony. Vous vous souvenez de celui qui nous avait attaqués sur la route de Hampstead? Il me semble encore entendre ses hurlements tandis qu'il prenait la fuite au galop!

– Du diable si je m'attendais à devoir venir armé dans ma propre salle à manger, dit le marquis furieux.

– Je n'ai jamais entendu dire que pareille mésaventure fût arrivée à qui que ce soit, fit remarquer Anthony.

– Ce n'est pas exactement à Heathcliffe qu'on viendrait rechercher ce genre d'émotions fortes! dit le marquis, et si des gens de cet acabit écument la région, semant la terreur aux alentours, Markham aurait dû nous en avertir.

– Il était probablement à mille lieues de penser qu'une chose pareille pût survenir le soir même de notre arrivée, dit Anthony.

Machinalement, il porta la main à son épingle de cravate... désormais absente, et reprit, très irrité :

– Qu'est-ce qui m'a pris d'enfreindre la règle d'or que je m'étais fixée de ne jamais porter de bijoux? A la vérité, j'ai voulu nouer moi-même ma cravate, mais j'étais trop fatigué et le nœud était si mal fait que j'ai pris l'épingle pour le faire tenir comme il faut.

– Cette montre avec sa breloque appartenait à mon père, dit le marquis, et c'est pour moi la seule chose qui compte.

– Attendez de savoir ce qu'ils ont emporté.

Le marquis poussa alors une exclamation aiguë, presque un cri.

– Les tabatières! dit-il. Je vous parie qu'ils ont fait main basse sur les tabatières. Avant le dîner, je suis allé les regarder et je me suis dit qu'elles avaient trop de valeur pour qu'on les laisse là, bien en vue. Prions au moins pour qu'ils n'aient pas pris celles qui sont dans le coffre.

Soudain il repensa au troisième homme entré par la porte des cuisines.

Il se leva d'un bond et se précipita vers la porte, que le bandit avait refermée.

Dans l'office, un coup d'œil suffit à lui confirmer ses craintes.

L'énorme coffre, qui occupait pratiquement tout un mur, était béant. Certes, il n'ignorait pas qu'au moment des repas, on en retirait les couverts d'or et d'argent au fur et à mesure des besoins du service – et on ne pouvait tout de même pas demander aux domestiques de refermer le coffre chaque fois qu'au cours du dîner ils allaient y chercher quelque chose.

Le marquis ouvrit le meuble en grand. Sur les étagères étroites se trouvaient encore un grand nombre de pièces, théières, pots à café, candélabres d'or pour les banquets, énormes piles d'assiettes d'argent réservées aux dîners d'apparat.

Impossible de dire si les tabatières avaient ou non été déposées là. Seul Markham pourrait indiquer exactement ce qui manquait.

Au comble de l'exaspération, sans desserrer les

dents, le marquis sortit de l'office et dirigea ses pas vers le grand hall.

Il pénétra dans la bibliothèque, suivi d'Anthony. La nuit tombait. On avait soufflé les chandelles, mais il n'était pas difficile de se rendre compte, à la faible lueur du crépuscule, que la vitrine du cabinet en marqueterie était grande ouverte.

Le marquis se força à vérifier tout de même s'il ne restait pas quelque chose, mais il connaissait déjà la réponse.

– Malédiction! s'écria-t-il, furieux. Toutes les tabatières de mon père ont disparu!

– Je suis vraiment navré, Justin, dit Anthony compatissant.

– Bon sang, mais il aurait fallu faire quelque chose! Nous aurions dû les arrêter.

– Je n'y étais pas complètement opposé, admit Anthony, mais très franchement, le regard des pistolets de ce garçon ne me disait rien qui vaille. J'étais tout à fait prêt à croire qu'il était aussi bon tireur qu'il le prétendait.

Le marquis avait les plus grandes peines du monde à se retenir de proférer un torrent d'injures à l'adresse du chef des voleurs. Mais se laisser aller eût été tomber au niveau de ce malfrat, si peu ordinaire fût-il.

Un instant plus tard, dans le grand salon, ils tentèrent de récapituler tout ce qu'ils pouvaient se rappeler du signalement de l'homme, pensant que ces éléments pourraient être utiles, plus tard, à son identification.

– Sans doute est-il né gentilhomme, dit Anthony, sa façon de parler le prouvait.

– Je reconnaîtrais entre mille le son de cette voix grave, si je l'entendais à nouveau, ajouta le marquis.

– Moi aussi, assurément, approuva Anthony. Pas

très grand, mais élancé, souple et agile, enfin fort bien habillé.

– Mais, Bon Dieu, cela pourrait s'appliquer à des douzaines d'hommes! dit le marquis. Le seul indice véritable que nous possédions est cette extraordinaire voix de basse.

– Je pense à une chose, dit Anthony.

– Oui?

– Il connaissait certainement les habitudes de la maison. Pendant que l'un des comparses faisait main basse sur les tabatières dans la bibliothèque, les autres pénétraient dans l'office au moment même où les serviteurs venaient de se retirer – pour aller dîner, j'imagine.

Le marquis hocha la tête.

– Comme à Veryan, ils vont dîner dès que nous avons fini, et je sais qu'ici les « restes » que mon chef leur réserve sont fort appréciés.

– C'est bien ce que je dis, repartit Anthony. Les voleurs savaient pertinemment qu'il n'y aurait personne à l'office et ils ont parfaitement calculé leur coup pour aller rafler les tabatières pendant que leur chef entrait ici par la fenêtre – qu'il savait ouverte.

– Vous tenez certainement là quelque chose, dit le marquis d'un air pénétré. Mais il y a mieux.

– Oui? De quoi voulez-vous parler?

– Lorsque je les ai entendus s'enfuir, leurs chevaux semblaient frais. Je suis parfaitement capable de dire, au bruit du galop, si un cheval a déjà accompli un long parcours car, même s'il n'est pas exactement fourbu, son allure semble alors quelque peu alourdie. Je suis prêt à parier que ces chevaux ne venaient pas de très loin.

– Ce qui réduit considérablement le champ des investigations, dit Anthony. (Il bâilla.) Voleurs ou pas, reprit-il, rien ne m'empêchera d'aller dormir, à moins, bien sûr, qu'ils n'aient également emporté mon lit.

– Allons nous coucher, approuva le marquis. Mais inutile de convoquer les domestiques ce soir pour les mettre au courant. Ce serait perdre des heures en palabres inutiles et en suppositions oiseuses. Et Markham ne sait sûrement rien de plus que nous.

– Vous avez raison. (Anthony bâillait.) Pour l'amour du ciel, remettons tout cela à demain.

– Nous n'avons pas le choix. Maintenant que vous m'y faites penser, je me sens aussi fatigué que vous.

Néanmoins, tandis qu'Hawkins l'aidait à se déshabiller, il lui fit le récit de toute l'affaire. Il mit fort longtemps à trouver le sommeil.

Le lendemain matin, immédiatement après le petit déjeuner, le marquis envoya chercher son régisseur.

Markham avait déjà été informé des événements de la soirée par les autres domestiques, eux-mêmes régalés de l'anecdote par Hawkins.

Le vieux majordome semblait au supplice :

– Je ne peux pas y croire, milord, disait-il, accablé, se tordant les mains. Le vaisseau d'or! Feu Sa Seigneurie faisait si grand cas de ce surtout d'orfèvrerie! Et les tabatières!

– C'est pour moi une très lourde perte, dit le marquis. Vous doutiez-vous que des malfrats avaient leur repaire dans le voisinage?

– Non, milord, mais il est certain qu'ici nous sommes très isolés et comme vous le soulignez si souvent, le domaine de Heathcliffe vit pratiquement replié sur lui-même.

– Qui sont nos voisins les plus proches?

– Il n'y a pas grand monde, milord. Le colonel Lloyd – vous devez vous en souvenir – est mort l'an dernier et maintenant la maison est vide. Lord Moorland, qui était un ami de feu Sa Seigneurie, est cloué au lit et ne sort plus de chez lui depuis à peu près un an.

– Il n'y a donc pas dans le voisinage d'autre château dont le butin pourrait se comparer à celui qu'ils convoitaient ici?

– Non, milord.

Le marquis réfléchit un instant, puis il demanda :

– Et l'amiral?

– Vous voulez dire l'amiral Wadebridge, milord?

– Naturellement.

– Il est mort voilà bientôt six ans, milord.

– Je m'en doutais un peu, fit remarquer le maître de Veryan. Et son fils?

– Votre Seigneurie n'a pas su que le capitaine avait été tué à la bataille d'Alexandrie?

– Je l'ignorais totalement, et bien que je sois censé voir en lui mon ennemi héréditaire, à cause de la haine de mon père à l'endroit de l'amiral, je suis consterné qu'il soit mort de la sorte.

– C'était un homme accompli que le capitaine Wadebridge, et la marine a perdu en lui un grand soldat.

Le marquis lança un regard rapide à son régisseur.

– Vous le connaissiez donc?

Il y eut un instant de silence comme si Markham, maintenant, regrettait d'avoir parlé avec tant de chaleur. Avec une très légère hésitation dans la voix, il dit :

– Oui, milord, je connaissais le capitaine Wadebridge. Je ne vois pas comment on aurait pu vivre ici sans le connaître.

Le marquis sourit.

– Je comprends, Markham. Vous devez vous sentir bien seul parfois, mais j'imagine que vous avez une famille.

– Sa Seigneurie a sûrement oublié que je ne me suis jamais marié.

– Je suis vraiment désolé, Markham, cela m'était sorti de l'esprit, s'excusa le marquis.

Il s'interrogeait sur le genre de liens que le régisseur pouvait entretenir avec le manoir de Flagstaff, car c'est ainsi que l'amiral avait rebaptisé sa maison, en un geste de provocation destiné à exaspérer le père du marquis.

Markham sembla hésiter à nouveau avant de dire :

– Le fils du capitaine Wadebridge, le petit-fils de l'amiral, est naturellement dans la marine, lui aussi, mais pour le moment, je crois qu'il est aux Antilles.

– Il me semble qu'il y avait également une petite-fille, dit le marquis, en fronçant les sourcils dans un effort de concentration.

– Oui, milord, en effet, c'est miss Ivana.

– Je n'ai jamais rencontré les enfants du manoir, dit le marquis. Elle devait être beaucoup plus jeune que moi. J'imagine que Ivana, puisque Ivana il y a, doit avoir poussé maintenant.

– En effet! Mais Votre Seigneurie désire-t-elle que j'informe la justice de ce qui s'est produit hier soir?

Le marquis eut le sentiment que le régisseur changeait délibérément de conversation et, précisément parce qu'il avait l'impression que Markham cherchait à éviter le sujet, il insista :

– Que fait donc miss Wadebridge de sa personne toute la journée? Il est peu vraisemblable qu'elle vive au manoir sans compagnie – à moins que sa mère soit encore en vie?

– Mrs Wadebridge est morte depuis de longues années, milord.

– Alors avec qui vit-elle?

– Franchement, je n'en sais rien. Bien que j'aie connu le capitaine Wadebridge, nos deux maisons ne sont pas en relations.

Quelque chose clochait. Et ce quelque chose était lié de quelque façon aux Wadebridge, pensait le marquis, mais, après tout, n'était-ce pas le cas depuis toujours?

Par le passé, à la seule évocation de leur nom, son père se mettait à vociférer contre les iniquités dont il se prétendait victime de la part de l'amiral. Il était à parier que l'amiral se conduisait de la même façon chaque fois que, de son côté, il pensait au défunt marquis.

Les gens de l'actuelle génération étaient à coup sûr d'une intelligence beaucoup trop froide pour même songer à perpétuer cette guerre de clans qui, pourtant, avait fait battre plus vite le sang de ces deux vieux cœurs, et avait ravivé en eux un intérêt pour la vie qui, sans cela, eût été bien émoussé.

– Je me demande, reprit le marquis d'un air songeur, si après nous avoir dépouillés avec tant de brio, sir Anthony et moi, les voleurs ont, sur leur lancée, rendu visite à miss Wadebridge? Auquel cas elle n'a pas dû manquer d'avoir une peur épouvantable. Si nous n'avons pu nous mesurer à eux, elle, que pouvait-elle?

– A mon sentiment, milord, il est fort douteux que le manoir de Flagstaff puisse intéresser le genre de malfaiteurs qui vous ont rendu visite.

– Qu'est-ce qui vous fait penser cela? demanda le marquis.

– C'est l'évidence, milord. Ils savaient ce qu'ils voulaient.

– Et ils savaient aussi, probablement, que les plus

belles tabatières avaient été retirées de la vitrine pour être déposées dans le coffre. (Markham ne disait mot. Son attitude semblait soudain quelque peu compassée.) D'ailleurs je comptais vous en parler, poursuivit le marquis, mais, ensuite, j'ai compris que pendant mon absence vous aviez dû mettre toute la collection dans le coffre-fort et ressortir quelques pièces seulement pour mon arrivée. Est-ce bien cela?

– C'est cela même, répondit Markham.

La note de soulagement dans sa voix était très perceptible.

Le régisseur avait certainement craint d'être réprimandé pour n'avoir pas refermé le coffre contenant tant d'objets précieux lorsque les domestiques étaient allés dîner.

« Quel homme scrupuleux », se dit le marquis.

Il était touché que Markham se souciât si sincèrement des objets confiés à sa garde.

– Bien entendu, milord, je ferai tout mon possible pour savoir si, dans les parages, quelqu'un en dehors de vous a aperçu les voleurs, dit Markham, mais j'ai l'impression désagréable que, malheureusement, nous n'entendrons jamais plus parler d'eux.

Le marquis ne chercha pas à le contredire. Repoussant le fauteuil où il était resté assis tout le temps de son entretien avec Markham, il se leva.

– Dites aux palefreniers de seller deux chevaux et de nous attendre à la porte. Sir Anthony et moi allons monter. Plus tard dans la journée, nous irons nager au bord de la mer comme nous le faisions quand nous étions enfants.

– Je suis persuadé que ce sera très agréable, dit Markham. Je vais immédiatement aux écuries donner des ordres. (Mais, à la porte, il se ravisa.) Qu'il me soit permis de vous dire combien profondément je déplore que ce malheureux vol se soit produit le soir même de votre arrivée en ces lieux que vous honorez de votre présence.

– Merci, Markham. (L'intendant n'eut pas plutôt quitté la pièce que le marquis se tourna vers Anthony et dit avec emportement :) Nous partons en reconnaissance !

– A la recherche de quoi ?

– A la recherche de la vérité sur bien des choses qui m'intriguent.

– Vous vous voyez déjà en fin limier !

– En effet, dit le marquis, et je trouve décidément toute cette affaire bien mystérieuse.

3

Le marquis et sir Anthony gagnèrent rapidement le hall.

Le marquis, prenant son haut-de-forme des mains d'un valet, avisa soudain Markham qui se tenait au pied de l'escalier.

– A propos, Markham, dit-il, comment s'appelle le jeune Wadebridge? Je suppose qu'il est maintenant l'héritier en titre du manoir?

Il y eut un silence, puis Markham répondit d'une voix étrangement altérée :

– Son nom est Charles, milord. Avez-vous quelque raison de poser la question?

– Non. Simplement il pourrait sembler peu naturel que j'ignore tout de nos voisins les plus proches, dit-il en descendant les marches du perron.

Les chevaux piaffaient déjà. Anthony demanda :

– Dois-je comprendre que nous allons en visite à la Vigne de Naboth? Je grille d'impatience.

– Pas autant que moi, croyez-le bien, répondit le marquis. Du plus loin que je me souvienne, le manoir de Wadebridge a été pour moi terre interdite.

Ils eurent quelque difficulté à enfourcher leurs montures; les chevaux étaient frais et d'humeur impétueuse. Lorsqu'ils furent en selle, Anthony proposa :

– D'abord il faut leur lâcher un peu la bride. Faisons la course dans le parc!

– Soit, répondit le marquis en rajustant son chapeau.

Les mottes de gazon volèrent sous les sabots des chevaux.

Au bout d'une lieue environ, ils tirèrent court sur les rênes et Anthony s'exclama :

– Que diable, Justin, je n'arrive pas à comprendre comment vous vous y prenez pour avoir toujours les meilleurs chevaux. Accepteriez-vous de me vendre celui-ci?

– Certainement pas, répondit le marquis. Vous savez très bien que je ne vends jamais mes chevaux.

Anthony fit une grimace.

– Je vous dirais que ma demande était purement formelle. Je n'y croyais pas beaucoup, dit-il.

Ils chevauchèrent quelques minutes au trot. Puis, à l'orée d'un bois, le marquis fit faire une volte à sa monture.

– Maintenant, nous allons en visite, dit-il, et je suis fort curieux de savoir quel accueil nous sera réservé.

– Les sentiments me paraissent bien violents, dans cette partie du monde, ironisa Anthony. Je regardais le visage de votre régisseur quand il a compris où vous aviez l'intention de vous rendre : l'horreur se peignait sur sa physionomie! Il fallait voir la figure sinistre qu'il vous a faite!

Le marquis se mit à rire.

– Pauvre vieux Markham! Mon père haïssait l'amiral avec une telle férocité et une telle violence! Il n'est pas rare que les domestiques épousent les sympathies et les querelles de leurs maîtres.

Ils poursuivirent leur route et, quelques instants

plus tard, ils virent se dresser devant eux le mur d'enceinte de l'enclave.

Les portes de la propriété de l'amiral se signalaient par une énorme hampe, battant pavillon blanc de l'Escadron Royal.

A sa vue, Anthony se mit à rire.

– Je ne m'étonne plus de l'exaspération de votre père.

– Cela le mettait dans une fureur noire.

Ils franchirent les portes. En se retournant pour regarder le chemin parcouru, le marquis crut distinguer, au loin entre les arbres, la silhouette d'un homme à cheval. L'allure de l'animal, un magnifique pur-sang, le frappa.

Il se demanda vaguement s'il s'agissait d'un nouveau voisin dont Markham aurait oublié de lui parler mais, sans y accorder davantage d'attention, il s'engagea avec son ami dans une courte allée conduisant à un élégant jardin. Les pelouses venaient jusqu'au manoir, une ancienne construction élizabéthaine, pleine de charme avec ses combles sur pignons et ses croisées à deux battants dans le style français.

Le marquis fut d'abord frappé par l'aspect du jardin qui lui parut fort bien entretenu. Les parterres et les allées étaient bordés de gros galets probablement rapportés de la plage et peints en blanc; le marquis songea avec amusement qu'ils évoquaient, dans leur propreté, le pont d'un bateau.

Un homme apparut sur le perron, prêt à prendre la bride des chevaux. Un seul coup d'œil suffit au marquis pour reconnaître en lui un ancien marin.

Ils mirent pied à terre et le marquis dit :

– Bonjour. Miss Wadebridge est-elle chez elle?

– Je pense, monsieur, répondit l'homme avec un

fort accent de terroir qui, en tout cas, n'était pas celui de la région.

Il frappa à la porte, du manche de sa cravache. Anthony ne l'avait pas plutôt rejoint que la porte s'ouvrait; dans l'encadrement parut une femme âgée qui fit une profonde révérence.

– Je suis venu saluer miss Wadebridge, dit le marquis.

– Madame sera très heureuse de vous recevoir, milord, répondit la femme de chambre. Si vous voulez bien me suivre...

Elle le précédait et, dans sa robe grise impeccablement empesée, elle ressemblait davantage à une gouvernante d'enfants qu'à une servante. Elle lui rappelait sa Nanny qui avait veillé sur lui jusqu'à l'âge de sept ans.

Le vestibule était petit, mais joliment lambrissé et les marches de l'escalier de chêne, encaustiquées avec un soin jaloux, avaient un poli inimitable.

La femme ouvrit une porte et annonça :

– Le marquis de Veryan, madame, avec un ami.

Ils furent introduits dans une salle carrée qui s'ouvrait par deux baies vitrées en rotonde. De grandes coupes basses remplies de fleurs ornaient la cheminée qu'encadraient de profonds fauteuils et un sofa. L'atmosphère était chaleureuse et accueillante.

Une jeune femme était assise près de l'âtre. Elle se leva tandis que le marquis s'approchait. Incontestablement, la petite-fille de l'amiral avait grandi. Veryan avait devant lui une très belle jeune femme.

Elle était brune, ce qui le surprit, car il avait toujours pensé que les gens de mer étaient blonds, et ses yeux bleus ombragés de cils noirs et très fournis évoquaient des origines irlandaises.

Très mince, elle portait une robe un peu démodée; sur ses épaules, elle avait jeté un châle blanc très « fin de siècle ». Le vert émeraude de sa toilette faisait ressortir la blancheur de son teint diaphane. Le marquis, expert en la matière, la jugea d'une beauté exceptionnelle pour une femme de la campagne.

Elle fit une révérence. Le marquis s'inclina et, comme leurs regards se croisaient, il fut surpris de discerner dans ses yeux une lueur de frayeur.

Sans doute était-elle peu habituée à rencontrer des gens de la bonne société, et était-elle intimidée par l'aspect d'homme du monde du marquis. Mais sa voix était calme et posée lorsqu'elle dit :

– Je vous souhaite le bonjour, milord.

– Bonjour, madame, répondit le marquis. Puis-je vous présenter mon ami Anthony Derville ?

Elle fit à nouveau la révérence et Anthony, avec ce sourire que la plupart des femmes trouvaient irrésistible, lui dit :

– Il y a fort longtemps que je n'ai visité plus charmante maison, Mrs Wadebridge. Je comprends maintenant que votre grand-père ait tout fait pour la conserver.

La jeune femme sourit en retour :

– Je vois que vous n'ignorez rien de la querelle qui a opposé nos deux maisons pendant tant d'années.

– Vous devez être surprise de ma venue, dit le marquis.

– Croyez bien que c'est une surprise fort agréable, milord. Ne voulez-vous pas vous asseoir ?

Elle désignait le sofa et le marquis s'y installa aux côtés d'Anthony.

– Puis-je vous offrir quelque rafraîchissement ?

– Non merci, répondit le marquis. Nous venons de prendre le petit déjeuner. Mon ami et moi-même avons tenu à vous rendre visite aussi tôt que possible, ce matin, car nous craignions que, par malheur, vous n'ayez également été victime des voleurs.

– Des voleurs?

Sa voix trahissait l'étonnement le plus vif et le marquis lui dit :

– Nous sommes arrivés à Heathcliffe hier soir tout à fait à l'improviste. Personne n'était averti de ma venue. (Mrs Wadebridge l'écoutait avec attention, ses yeux clairs frangés de noir fixés sur lui.) Nous étions en train de dîner tranquillement quand un voleur, non pas masqué mais la tête enfermée dans une cagoule, a fait irruption dans la salle à manger, suivi de deux hommes.

Mrs Wadebridge joignit les mains.

– Comment est-ce possible!

– La fenêtre était ouverte, poursuivit le marquis. Le chef des bandits est arrivé par les jardins mais ses comparses étaient déjà dans la place.

– C'est à peine croyable!

– C'est malheureusement vrai et ils sont partis en emportant avec eux un butin inestimable, entre autres une collection unique de tabatières précieuses ayant appartenu à mon père.

– C'est absolument terrifiant! s'exclama Mrs Wadebridge. Cela a dû être un grand choc.

– Assurément, répondit le marquis, d'autant que sir Anthony et moi-même n'avons absolument rien pu faire pour les empêcher de nous dépouiller... Nous n'avions pas d'armes, ni l'un ni l'autre, et il aurait été follement téméraire de s'attaquer à trois hommes qui, eux, étaient armés jusqu'aux dents.

– J'imagine votre rage, dit Mrs Wadebridge. Avez-vous prévenu les juges?

– Pas encore, répondit le marquis. Je voulais savoir d'abord si cette bande avait été aperçue dans le voisinage. Mais vous me dites qu'ici tout était tranquille...

– Absolument. Je vous suis néanmoins très reconnaissante de m'avoir prévenue. Je vis seule au manoir avec ma vieille Nanny et nous aurions été complètement à la merci de ces malfaiteurs.

– On m'a dit que votre frère Charles était actuellement en mer, dit le marquis, mais je ne savais pas que vous étiez mariée.

Mrs Wadebridge baissa les yeux, et il la vit rougir :

– Mon époux est marin lui aussi, milord.

– Il porte le même nom que vous?

– J'ai épousé un cousin éloigné. Les Wadebridge sont très nombreux et, comme vous le savez certainement, le nom est fort répandu dans les rangs de la marine britannique!

– Permettez-moi de vous présenter mes condoléances pour la mort de votre père. La bataille d'Alexandrie fut une grande victoire.

– Assurément, acquiesça Mrs Wadebridge, et l'amiral Nelson est un grand stratège.

Il y eut un bref silence. Puis le marquis reprit :

– J'ose espérer, Mrs Wadebridge, qu'après tant d'années, notre agréable rencontre d'aujourd'hui aura une suite et que nous aurons désormais à cœur, tous les deux, d'entretenir d'amicales relations de voisinage, comme il est d'usage.

– Je l'espère vivement, moi aussi, monsieur, répondit Mrs Wadebridge. Séjournerez-vous longtemps à Heathcliffe?

Le marquis était-il aujourd'hui exceptionnellement réceptif? Il eut le sentiment qu'elle attendait sa réponse avec une certaine nervosité.

Il marqua un temps et s'aperçut qu'elle fixait sur lui un regard un peu trop attentif, comme si ses paroles allaient revêtir une importance particulière.

– Je ne sais pas encore, répondit-il enfin. Nous

sommes venus ici, sir Anthony et moi-même, pour nous reposer un peu, loin du monde et du bruit.

– Je veux croire que vous ne serez pas à nouveau importunés par les bandits.

– C'est la grâce que je nous souhaite.

Il y eut un nouveau silence. Le marquis eut l'impression qu'on désirait qu'il prît congé.

Intrigué, il dit :

– Puis-je voir le jardin ? Et peut-être le reste de la maison ? Veuillez excuser mon indiscrétion mais votre maison m'a été interdite pendant tant d'années !...

Mrs Wadebridge eut un petit rire :

– Tout comme on m'interdisait de passer le seuil de la vôtre. Je ne pourrais vous dire à quel point le château d'Heathcliffe me paraissait tentant vu ainsi, de loin. Le temps d'un éclair, j'apercevais ces chevaux superbes et ces magnifiques voitures remontant les allées. J'imaginais des fêtes où je n'étais jamais invitée...

Le marquis riait :

– Cela devait vous mettre en fureur !

– Je crois surtout que j'en étais terriblement désappointée.

– Eh bien, puisque vous n'avez jamais visité Heathcliffe, le propriétaire sera ravi de vous en faire les honneurs, dit Anthony avec empressement.

Le marquis, en jetant un rapide coup d'œil vers son ami, vit les regards éperdus d'admiration que ce dernier lançait à leur hôtesse. On ne pouvait nier qu'elle fût extrêmement jolie. « En fait, se dit le marquis, ravissante est le mot exact. »

Ne voulant pas être en reste, il lui dit d'un ton où perçait une pointe d'amusement :

– Je serais bien entendu enchanté de vous montrer le château et les trésors qu'il renferme, même si certains d'entre eux, comme les tabatières, ont disparu.

– Mais bien d'autres choses valent d'être vues, ajouta Anthony. Surtout les tableaux. (Il regarda le marquis et, délibérément, passa à l'attaque :) Pourquoi Mrs Wadebridge ne viendrait-elle pas dîner un soir? Nous n'avons guère de réjouissances en vue!

– Mais bien sûr, acquiesça le marquis. Quel soir vous conviendrait?

Il regarda Mrs Wadebridge, et il eut l'impression qu'elle marquait un temps, comme pour se faire prier.

Qu'elle ne montrât pas davantage d'enthousiasme lui parut étrange, puis il pensa que ses réticences venaient sans doute de cette vieille dissension entre les deux familles. Plus vite on oublierait cette malheureuse querelle de clans, mieux cela vaudrait.

Il dit d'un voix claire :

– Si vous acceptiez de dîner avec moi, Mrs Wadebridge, nous pourrions alors être tout à fait assurés que nous avons enterré la hache de guerre pour toujours. Demain soir vous irait-il? J'enverrai une voiture vous prendre vers 7 heures et demie.

– C'est très aimable à vous, monsieur, et je serai très heureuse de dîner à Heathcliffe.

Le marquis remarqua qu'elle n'avait pas dit « dîner avec vous ». Mais le choix des mots n'avait sans doute pas de signification spéciale.

Il était presque sûr qu'elle ne souhaitait pas reprendre à son compte l'animosité puérile qui avait envenimé les relations entre les deux vieillards.

Il se leva.

– Je me réjouis à l'idée de vous faire visiter le château, dit-il, et maintenant me serait-il possible de voir le manoir?

Hésitait-elle? Bien sûr, il n'aurait pu en jurer. Mais en le précédant, elle fit observer :

– Vous savez, il n'y a vraiment pas grand-chose à voir.

Le marquis et sir Anthony lui emboîtaient le pas. Elle les conduisit dans la grande salle à manger. Les meubles de chêne, sans doute contemporains de la maison elle-même, semblaient eux aussi astiqués à l'extrême, et les cuivres brillaient d'un tel éclat qu'ils paraissaient refléter toute la pièce.

De là, elle les mena dans le cabinet de travail. Un portrait monumental du grand-père Wadebridge était accroché au-dessus de la cheminée près d'une vitrine murale où s'étalait la longue rangée de ses médailles et décorations.

Un air impérieux émanait de toute sa personne et le peintre avait su fixer sur la toile le vieux guerrier, éternellement sur ses gardes, l'œil fixé sur la ligne ennemie.

– La ressemblance est étonnante, dit le marquis. Quand vous verrez le portrait de mon grand-père, vous serez frappée de constater à quel point ils étaient assortis.

– A l'évidence, vous ne lui ressemblez guère, dit Anthony, s'adressant à Mrs Wadebridge.

Il y avait dans sa voix comme une caresse.

– On dit que je tiens de ma mère qui était d'origine irlandaise, répondit Mrs Wadebridge.

– Je l'aurais parié! s'exclama Anthony. « Prunelles d'azur, serties par des doigts de charbon! » Typiquement irlandais, cela!

Mrs Wadebridge se mit à rire.

– On me le dit souvent. Malheureusement, je n'ai jamais eu la chance de visiter l'île d'Emeraude.

Elle allait sortir du cabinet de travail, mais le marquis s'était approché d'une fenêtre donnant derrière la maison.

Là, à sa grande surprise, se dressait au fond d'une cour un énorme corps de bâtiment appartenant à une grange ancienne.

– Qu'il est étrange d'avoir voulu construire cela si près de la maison, s'écria-t-il. Mais c'est la Grange-aux-Dîmes!

Mrs Wadebridge sourit.

– Vous ignorez donc, monsieur, qu'avant que votre grand-père n'entre en possession du domaine d'Heathcliffe, la plus grande partie de la propriété constituait la terre de Wadebridge?

– Je l'ignorais en effet, s'exclama le marquis, visiblement surpris.

– Les Wadebridge, qui vivaient ici depuis plusieurs siècles, étaient puissants et fortunés, expliqua Mrs Wadebridge, mais ils passaient leur existence en mer et, progressivement, ils ont dû vendre toutes leurs propriétés de la côte.

– Ainsi s'explique la haine de votre famille pour celle de Veryan, dit le marquis. Mais cette grange, puis-je la visiter d'un peu plus près?

A nouveau, Mrs Wadebridge marqua une hésitation, et il eut le brusque sentiment qu'elle espérait de toutes ses forces les voir partir. Elle semblait ronger son frein.

Piqué au vif, il décida de ne pas se presser.

– Tout est bouclé, répondit-elle. Il ne vous sera pas possible d'entrer. Mais vous pouvez, bien sûr, aller regarder du dehors.

Avec une mauvaise grâce évidente, elle ouvrit une porte, à l'opposé du cabinet de travail, et ils se retrouvèrent dans la cour.

La grange écrasait littéralement la maison de sa hauteur.

Le bâtiment à colombages était très ancien. Entre les poutres de bateau qui servaient de solives, soutenant les pans de murs, les petites briques étroites qui formaient la construction semblaient dater de l'époque élizabéthaine, mais l'édifice était peut-être encore antérieur.

Il les considéra pendant quelques instants, puis promena ses regards sur la cour.

Comme sur le devant de la maison, le sol était décoré de galets blancs, mais ici ils formaient des motifs reproduisant des insignes de marine.

Il y avait une ancre, grandeur nature, d'un blanc éclatant ressortant sur le sol pavé; il y avait l'Union Jack, mais le dessin n'en était pas aussi net que celui de l'ancre; et on s'était même essayé au projet plus ambitieux de la représentation d'un navire, toutes voiles dehors.

– Je vois que vous avez le goût fort marin, Mrs Wadebridge, observa le marquis.

– Ces dessins ont été faits par mon frère et ses amis lorsqu'ils sont venus en permission.

Elle tournait déjà les talons, comme pressée d'en finir, mais Anthony poussa une exclamation.

– Regardez, dit-il, qu'est-ce que cela?

Il désignait du doigt un grand tilleul planté dans un coin de la cour.

Le marquis, regardant dans la direction indiquée, vit un éclair brillamment coloré traverser le feuillage.

Il resta un moment interdit, puis dit :

– C'est un perroquet, j'imagine?

– Plus exactement une perruche à collier, répondit Mrs Wadebridge.

– Il semble qu'il y en ait plus d'une, dit Anthony. Sont-elles apprivoisées?

S'amusant de leur étonnement, Mrs Wadebridge s'approcha de l'arbre, puis émit d'une voix gutturale des sons qui imitaient parfaitement le cri des oiseaux.

Elle étendit les bras en croix. De l'arbre descendirent en voletant une multitude d'oiseaux chatoyants. Avec leur dos vert brillant lavé de gris bleuâtre, leur collier rose et leur bec rouge (1), ils semblaient étrangement déplacés sous le ciel anglais.

Deux oiseaux vinrent se poser sur ses mains, deux autres sur ses bras et un cinquième se percha sur son épaule.

Avec sa robe verte, elle formait un tableau féérique, debout, la tête un peu levée pour mieux voir évoluer les oiseaux qui tournoyaient au-dessus d'eux.

Le marquis et Anthony contemplaient le spectacle dans le plus grand ravissement. Mais elle se secoua légèrement et libéra les oiseaux en les admonestant gentiment :

– Non! Il est beaucoup trop tôt pour le repas! Il faut attendre. Ce n'est pas l'heure.

Les perruches s'envolèrent dans l'arbre et le marquis dit :

– On n'en croit pas ses yeux!

– Elles sont fabuleuses, opina Anthony. Elles vous connaissent donc depuis si longtemps qu'elles obéissent ainsi au moindre de vos appels?

– Elles savent que je les aime, dit Mrs Wadebridge avec simplicité.

Maintenant, elle reprenait avec décision le chemin de la maison. Dans l'entrée, elle montra nettement qu'elle désirait leur départ.

– Je vous attends demain avec impatience, dit-il courtoisement, et laissez-moi vous dire, Mrs Wadebridge, combien je suis heureux et soulagé d'avoir appris que les bandits n'ont pas cherché à pénétrer

(1) Il s'agit à coup sûr de *Psittacula Krameri*, ou perruches à collier, dont la forme typique est africaine mais qui est très répandue en Asie. (N.d.T.)

chez vous. Je ne saurais trop vous recommander toutefois de fermer vos portes à double tour.

– J'y veillerai, répondit Mrs Wadebridge.

Mais déjà elle était à la porte. Elle attendit, dans une attitude polie, que le marquis et sir Anthony fussent en selle.

Ils s'engagèrent dans l'allée et le marquis jeta de nouveau un coup d'œil aux parterres si admirablement arrangés.

– Une telle perfection a dû demander énormément de soins.

C'est alors qu'il aperçut un étrange objet, près des bordures de galets.

Le premier moment de perplexité passé, il vit qu'il s'agissait d'une jambe de bois, de celles que portent les amputés à leur retour de guerre.

Elle avait été abandonnée là, dans l'herbe, comme en toute hâte, près du petit sentier ménagé au milieu de la pelouse pour permettre au jardinier d'accéder aux massifs de fleurs.

Le marquis ne disait mot. Ils furent bientôt hors des portes de l'enclave. Anthony s'exclama alors :

– Bonté divine, Justin! Qui aurait pu imaginer que nous trouverions quelqu'un d'aussi adorable, d'aussi exquis, au fin fond de ces régions reculées du Sussex? Je n'ai jamais vu des yeux pareils! Je ne peux comprendre pourquoi vous ne l'avez pas conviée pour ce soir! Il va nous falloir attendre jusqu'à demain soir!

– Anthony, pour l'amour du ciel, vous savez très bien qu'elle est mariée, répondit le marquis. Vous venez d'échapper à un désastre nommé Lucy Bicester. Vous n'allez pas recommencer vos âneries, une fois de plus!

Il parlait sur un ton si véhément qu'Anthony le regarda, surpris.

– En vérité, Justin, je ne savais pas que vous vous

comportiez comme un bonnet de nuit! N'avons-nous pas mieux à faire que de courir toute la sainte journée après je ne sais quels bandits de grand chemin que nous n'avons d'ailleurs aucune chance de jamais rattraper? Voilà que nous rencontrons la plus jolie fille qui soit, et sous le prétexte qu'elle a un mari, tout ce que vous trouvez à dire c'est : « Halte-là! » (Le marquis gardait le silence, et Anthony ajouta :) Mais, Bon Dieu, qu'est-ce qui vous prend? Jusqu'ici, ce ne sont pas les maris qui vous ont beaucoup tracassé, sauf bien sûr quand ils vous braquaient un pistolet en plein cœur.

Le marquis ne répondait toujours pas, se contentant d'éperonner sa monture. Le cheval d'Anthony éprouvait quelque difficulté à garder le rythme.

Ils approchaient d'Heathcliffe. Le marquis demanda :

– Avez-vous remarqué la magnifique ordonnance du jardin?

– Naturellement, répondit Anthony. En fait, l'idée m'est même venue que seul un marin pouvait le tenir ainsi : éclatant de netteté, propre comme un sou neuf!

– Absolument, opina le marquis. Mais le seul marin que nous ayons vu était le palefrenier qui a conduit nos chevaux à l'écurie. Pourquoi était-il posté là quand nous sommes arrivés, comme s'il nous attendait? Et la porte ne s'est-elle pas ouverte à l'instant même où nous avons frappé?

Anthony le dévisagea.

– Que voulez-vous dire?

– Cela va vous sembler bizarre, répondit le marquis, mais j'ai la quasi-certitude que Mrs Wadebridge savait que nous allions venir.

– Comment diantre aurait-elle pu le savoir? demanda Anthony.

Soudain l'image de l'homme à cheval, aperçu au

moment de leur arrivée, se présenta à l'esprit du marquis.

Il s'efforça de se rappeler avec plus de précision sa silhouette. Son allure, ses vêtements indiquaient à coup sûr qu'il n'était pas gentilhomme. Il en conclut que ce devait être un de ses propres palefreniers ou un des domestiques du château; car qui, en dehors de lui-même, aurait pu posséder un tel cheval?

– A quoi pensez-vous? demanda Anthony.

– Ce n'est encore qu'une impression que je ne parviens pas exactement à formuler, répondit le marquis, mais je suis de plus en plus convaincu qu'il se passe quelque chose ici. Je suis incapable d'expliquer de quoi il s'agit; mais cela paraît décidément sortir de l'ordinaire.

– Vous avez joliment raison, fit remarquer Anthony. Ce n'est pas tous les jours que l'on rencontre une femme aussi ravissante que celle-ci, capable de faire descendre des perruches de Chine d'un tilleul anglais et de les faire venir, d'un signe, se percher docilement sur son épaule. (Il soupira.) Je n'ai jamais rien vu de plus beau que le spectacle de cette jeune fille aux oiseaux...

– De cette jeune femme, corrigea le marquis.

– Je suis prêt à parier qu'elle n'a pas dix-huit ans; elle n'est sûrement pas mariée depuis bien longtemps. Les femmes mariées ont d'ordinaire l'air... mariées... (Il s'interrompit comme pour chercher les mots justes, puis reprit :) Elles semblent perdre quelque chose de cette innocence qui les faisait paraître intouchées...

Le marquis le regarda avec un étonnement non dissimulé :

– Vous me surprendrez toujours mais, quoi qu'il en soit, vous avez sans doute raison, bien qu'à la vérité j'aie fort rarement l'occasion d'approcher des jeunes filles.

– Il y en a fort peu d'aussi jolies que... comment s'appelle-t-elle déjà?... Ivana Wadebridge, répondit Anthony.

– Eh bien, vous allez la revoir demain soir, dit le marquis. En attendant, j'ai bien l'intention de me mettre en campagne pour rechercher les voleurs, et il n'est pas question que je me laisse détourner de mon projet par un joli minois ni par un lot de perruches.

Anthony ne répondit pas, mais le marquis savait que son ami jugeait cette poursuite sans espoir.

Toute la journée du lendemain, ils battirent le pays à la recherche d'un indice.

Markham l'avait dit au marquis : il n'avait guère de voisins, mais l'information ne le décourageait nullement. Ils explorèrent les villages alentour, entrant dans les petites fermes dont les occupants étaient à la fois confondus et reconnaissants de recevoir ainsi la visite inopinée du maître de Veryan.

Tous avaient connu son père et voulurent témoigner de leur admiration pour le domaine d'Heathcliffe : ils se montrèrent si respectueux et si louangeurs qu'Anthony ne se priva pas de lui faire remarquer que cela était très mauvais pour lui.

– Tout cela ne fait qu'enfler votre vanité, lui dit-il sur le chemin du retour après qu'ils se furent épuisés en de vaines recherches toute une journée au cours de laquelle, cependant, le marquis s'était acquis un nombre appréciable d'admirateurs.

– Ils m'ont beaucoup distrait, dit le marquis. Mais personne qui ait entendu parler des bandits!

– Je vais finir par croire qu'ils n'ont jamais existé, répondit Anthony. Le vin était trop capiteux et nous avons rêvé...

– En ce cas, qu'on me rende ma montre et mes boîtes à priser, répliqua le marquis avec brusquerie.

– Tâchons, pour un soir, d'oublier les bandits, et ne pensons plus qu'à notre dame aux yeux bleus. D'ailleurs, cette charmeuse d'oiseaux a sûrement le don de double vue et sans doute pourra-t-elle nous dire où se cachent les voleurs.

Le marquis se mit à rire.

– Sans compter qu'elle pourrait elle-même en abriter une bonne douzaine dans sa gigantesque grange...

Il tressaillit, un souvenir lui était revenu en mémoire.

– Qu'avez-vous? demanda Anthony.

– Vous souvenez-vous, dit le marquis, quand nous l'observions entourée de cette nuée de perruches? Eh bien, je suis persuadé que nous n'étions pas seuls à contempler le spectacle.

– Que voulez-vous dire? demanda Anthony.

– J'en suis presque sûr, maintenant que j'y pense. Bien que, sur le moment, je n'y aie guère prêté attention : il y avait quelqu'un à une des fenêtres de la grange.

– Mais elle nous a bien dit que la porte était condamnée?

– Je sais. Elle disait aussi qu'elle vivait seule avec sa vieille nurse. Mais si elle dit vrai, qui donc est l'homme à la jambe de bois?

– Un jardinier, c'est l'évidence!

– Je vous l'accorde mais un jardinier ne pourrait à lui seul tenir le jardin dans l'état de perfection où nous l'avons vu. Qui plus est, je ne crois pas que la vieille nurse, qui doit avoir plus de soixante ans, soit capable d'astiquer avec autant d'ardeur les escaliers, les meubles, les parquets et les cuivres. On peut se mirer dedans.

– Qu'êtes-vous en train d'élucubrer? C'est un vrai roman! s'esclaffa Anthony. Il me semble tout de même, si vous voulez mon avis, que vous faites une montagne d'une taupinière! Ivana est une fille de la campagne, simple, charmante et certainement sans parti pris... De là à enfermer des bandits dans sa grange...

– ... c'est aussi peu vraisemblable que penser qu'elle puisse abriter des oiseaux de Chine dans les branches d'un tilleul! interrompit le marquis.

– Très bien, alors ce soir vous n'aurez qu'à procéder à un interrogatoire en règle, mais je suis prêt à parier avec vous cinq souverains que vous n'en tirerez absolument rien.

– C'est un défi, dit le marquis en souriant. Vous savez bien que je les relève toujours.

Ivana s'habillait pour le dîner. Elle avait choisi sa plus belle robe, qui était néanmoins très simple. Nanny n'avait de cesse de lui représenter sur tous les tons qu'elle avait été d'une folle imprudence d'avoir accepté l'invitation du marquis.

– Cette soirée ne peut vous attirer que des ennuis.

– Il était impossible de refuser. Cela aurait semblé très inamical, répliqua Ivana. (Elle s'assit brusquement devant sa coiffeuse, et examina son reflet.) Après tout, j'ai peut-être eu tort... mais sur le moment, je n'ai trouvé aucune... excuse plausible.

Ivana revoyait le visage du marquis, la bouche aux contours décidés; elle savait qu'il aurait insisté jusqu'à ce qu'elle ait épuisé toutes les excuses possibles. Elle avait accepté, c'était la seule chose à faire.

– Je vais y aller et j'en serai débarrassée, dit-elle. Après tout, ce sera une soirée mondaine comme une autre. Nul doute qu'au moment du dessert, nos deux beaux gentilhommes se mettront à bâiller à s'en décrocher la mâchoire.

– C'est la grâce que je vous souhaite, dit Nanny d'un ton sec, mais si vous voulez mon avis, il ne faut pas trop y compter.

– Allons, Nanny, après tout ce que nous avons surmonté, ce n'est pas le moment de flancher, dit-elle, et cela ne te ressemble guère d'avoir peur, fût-ce du marquis de Veryan.

En fait, elle-même ne se sentait pas tellement rassurée. Toute sa vie, elle avait entendu parler de lui, mais bien qu'on lui eût toujours décrit un bel homme, fringant cavalier, hâbleur mais courageux aussi, elle avait ressenti un choc de le voir apparaître en chair et en os. Elle ne s'attendait nullement à le trouver aussi irrésistiblement beau.

Ensemble, le marquis et sir Anthony étaient littéralement à couper le souffle. Elle n'était pas la première à l'expérimenter.

Elle n'aurait jamais cru qu'on pût être d'une élégance aussi raffinée – à la limite du dandysme – et rester en même temps si manifestement viril.

Qu'elle ait plu à sir Anthony, c'était indubitable, mais elle avait l'impression désagréable que les sentiments du marquis étaient tout différents.

Se méfiait-il de quelque chose? Et, si c'était le cas, que soupçonnait-il au juste?

Après leur départ, elle avait poussé une exclamation de dépit en apercevant la jambe de bois de George qui traînait sur la pelouse. A l'arrivée du marquis, il avait dû disparaître en clopinant sur sa canne, puis avait dû craindre de revenir rechercher le pilon de bois.

Peut-être le marquis n'avait-il rien remarqué... mais Ivana ne se faisait aucune illusion là-dessus. Ce regard pénétrant, qui l'avait si fort intimidée, et même peut-être un peu effrayée, ne devait rien laisser échapper; il avait tout repéré, surtout ce qui ne le regardait pas.

Elle se demandait si elle n'avait pas commis une erreur en appelant les perruches, mais elle avait voulu faire diversion pour détourner l'attention des deux visiteurs.

Tout le reste de la journée, après leur départ, elle s'était tourmentée, et la nuit venue, elle n'avait pu trouver le sommeil. Maintenant, Nanny continuait de grommeler et de se lamenter en donnant un coup de fer à la robe.

– Ne pourrons-nous donc jamais avoir la paix? se lamenta-t-elle. Qui aurait pu imaginer que le marquis de Veryan viendrait ici? Votre pauvre grand-père doit se retourner dans sa tombe.

– C'est bien vrai, Nanny, acquiesça Ivana. Qu'un Veryan ait posé le pied sur la terre du manoir de Flagstaff, cela aurait suffi pour constituer un affront, à ses yeux.

Mais elle, comment aurait-elle pu perpétuer cette ridicule querelle qui lui avait gâché toute son enfance? Elle n'avait jamais eu la permission d'aller à Heathcliffe. Elle se revoyait, perchée sur le haut du mur d'enceinte, regardant, les yeux écarquillés, le château qui se profilait au loin...

– Je ne peux pas aller seulement jusqu'aux écuries pour voir les chevaux, grand-papa? avait-elle demandé un jour.

Sa requête avait attiré une telle avalanche d'imprécations qu'elle avait fondu en larmes.

Jamais elle ne reparla d'Heathcliffe.

Mais, bien sûr, les histoires circulant sur le marquis avaient filtré jusqu'au manoir et, de toute façon, au village, on ne parlait que de lui.

Les gens du pays qui l'avaient vu à Brighton avec le prince de Galles avaient raconté ses folles dépenses, ses conquêtes féminines, ses pur-sang anglais qui gagnaient toutes les courses avec une déconcertante facilité.

Maintenant, pensait Ivana, non seulement elle l'avait vu, mais elle allait dîner avec lui.

Avec anxiété, elle se regarda une nouvelle fois dans la glace. Sa robe était terriblement démodée et, décidément, si elle n'avait rien d'autre à se mettre, elle ferait aussi bien d'écouter Nanny et de rester à la maison.

« Il va me trouver province! pensa-t-elle. Après tout, ce sera tant mieux. Ainsi, il me laissera tranquille. »

Mais, même si ce devait être le cas du marquis, sir Anthony, elle le savait, ne prêterait d'attention qu'à son visage.

Quoi qu'il en soit le sort en était jeté. Quand la voiture vint la chercher pour l'emmener à Heathcliffe, elle ramassa en hâte l'écharpe assortie à sa robe et Nanny lui posa sur les épaules le châle de laine tout simple qui la protégerait du froid pendant le court trajet.

– Surtout, faites bien attention à ce que vous allez dire, chérie, recommanda Nanny, et rentrez dès que possible. Je vais prier pour que tout se passe bien et qu'on ne vous prenne pas au piège au moment où vous vous y attendrez le moins.

– C'est cela, Nanny, et ne t'en fais pas.

Ivana plaça un baiser sur la joue de sa vieille nounou et monta dans la voiture du marquis. Elle n'en avait jamais vu de plus luxueuse ni de plus confortable.

Devant le château, lorsqu'elle aperçut les quatre valets de pied en faction dans le hall et Travers, qui lui souhaitait la bienvenue avec déférence, elle eut une envie folle de prendre ses jambes à son cou pour aller retrouver l'atmosphère douillette de Flagstaff House.

Mais l'orgueil lui fit relever la tête et elle suivit Travers dans la salle à manger. Finalement, qu'avait-elle à craindre du marquis? Elle n'avait à avoir peur de personne.

– Mrs Wadebridge, monsieur, annonça Travers.

Le marquis venait à sa rencontre. L'homme était vraiment princier. Il était impossible de ne pas se sentir terne et insignifiante à ses côtés.

Elle avait mis la robe bleue que Nanny lui avait faite, l'été précédent, en s'inspirant de la mode « fin de siècle », en sorte qu'elle semblait descendue tout droit d'un des tableaux qui ornaient les murs de Veryan.

« Elle est à peindre, pensa le marquis. Sir Joshua Reynolds ferait d'elle un merveilleux portrait. »

Il s'inclina en réponse à sa révérence. Anthony, profitant du fait qu'elle était une femme mariée, n'hésita pas à lui baiser la main.

– Asseyez-vous, je vous en prie, dit-il. Je suis sûr qu'une coupe de champagne vous ferait plaisir.

– J'en serais ravie.

– Il est à gager qu'au manoir, on se veut marin jusqu'au bout et que vous n'offrez que du rhum à vos invités! dit Anthony, les yeux pétillants de malice.

– Si vous voulez insinuer que nous ne payons pas les taxes sur l'alcool, dit Ivana dont les yeux lançaient des étincelles, laissez-moi vous préciser, sir Anthony, que les marins ont des goûts tout aussi raffinés que les soldats.

– C'est vrai, Mrs Wadebridge, approuva le marquis. Ne le laissez pas vous taquiner. Et, pour vous prouver que les soldats peuvent eux aussi apprécier la mer, j'espère que vous me ferez le plaisir, après le dîner, de venir admirer les marines qui ornent les murs du château.

– Oui, elles sont magnifiques, dit Ivana, qui ajouta précipitamment. On me l'a toujours dit.

Elle avait marqué un temps imperceptible avant de prononcer ces derniers mots, et une lueur d'interrogation passa dans les yeux du marquis.

Il crut voir le rose monter aux joues de la jeune femme, mais elle détourna la tête pour s'adresser à Anthony, et il ne put s'en assurer.

Cependant, il observait le moindre de ses mouvements, et lorsqu'ils se levèrent pour passer à table, il eut la certitude qu'elle connaissait le chemin de la salle à manger. Il crut également la voir échanger un regard avec Travers et il eut l'impression très nette qu'ils se connaissaient.

A table, ils parlèrent de tout et de rien.

– Je crois, Mrs Wadebridge, dit-il, que Markham, mon régisseur, était un ami du régisseur de votre père?

Le temps d'un éclair, il crut voir s'agrandir les yeux d'Ivana. Elle demanda :

– C'est lui qui vous a dit cela?

– Markham parle de votre père en termes très chaleureux, ce qui m'a fait supposer qu'ils devaient se connaître. Il me l'a d'ailleurs confirmé.

– Ils ont dû se croiser, dit Ivana avec un geste vague. Nous faisons nos emplettes au même bourg.

Sans très bien discerner où cela pourrait le mener mais bien décidé à attaquer de front, le marquis reprit :

– Vous n'allez pas me raconter, Mrs Wadebridge, que c'est là votre première visite à Heathcliffe?

Le rire d'Ivana fusa, et elle répondit avec beaucoup de naturel :

– Assurément, l'ange avec son épée flamboyante n'a jamais été aux portes du domaine pour m'empêcher d'y entrer, mais toute ma vie j'ai eu, pointé dans mon dos, un fusil de marine pour le cas où je ferais mine d'aller du côté du château.

Sa réponse mettait un terme à d'éventuelles questions supplémentaires. Le dîner s'achevait. On servait le porto. Elle se leva et dit :

– Comme il se doit, je vais vous laisser et, si vous le permettez, je vais aller vous attendre dans le salon.

– Nous irons d'abord nous asseoir un instant dans la bibliothèque, répondit le marquis. C'est là qu'était exposée la collection disparue de tabatières. Vous pourrez voir la vitrine, tristement vide.

– Bien, je vais donc vous attendre dans la bibliothèque, dit Ivana en souriant.

Quelques instants plus tard, le marquis s'avisa qu'elle n'avait même pas demandé le chemin.

Mais elle comptait probablement s'adresser au valet de faction dans le hall.

Cela le tracassa néanmoins. Il dit à Anthony :

– Cette jeune femme me fait une étrange impression. Je suis convaincu qu'elle n'est pas ce qu'elle dit être.

– Pour moi, j'en suis fort satisfait, dit Anthony. Je la trouve charmante, pleine d'esprit, et absolument ravissante. Dieu tout-puissant, Justin, que voulez-vous de plus ?

– Il est bien évident, malheureusement, que je ne le sais pas moi-même, répondit le marquis. J'ai seulement le pressentiment, qui me pénètre jusqu'à la moelle des os (comme l'aurait dit mon père) que les choses ne sont pas comme elles devraient être et que je suis en train de me laisser abuser.

– Depuis l'affaire de Rose, vous voyez tout de cette manière. Elle vous a grugé et vous croyez que tout le monde n'a que cette idée en tête. Vous cherchez des empreintes partout, des criminels derrière toutes les portes et des contrebandiers dans votre cave. Eh bien, quant à moi, je ferai la cour à Ivana et je ne lui cacherai pas que je la trouve adorable.

Pour des raisons qu'il discernait mal, la réponse d'Anthony excéda le marquis.

Il posa son verre et se leva de table. Il sortit sans dire un mot. Anthony, resté seul, lampa une gorgée d'alcool.

Ivana était assise à la fenêtre de la bibliothèque. Une femme d'esprit, pensa-t-il avec une note critique, aurait plutôt regardé les livres ou les tableaux.

Lorsqu'il entra dans la pièce, elle ne tourna pas la tête. Elle contemplait la ligne sombre des arbres se profilant dans le crépuscule.

– C'est si beau. Dire que vous avez pu rester cinq ans éloigné de toute cette beauté et de toute cette paix.

– Depuis que je suis de retour, je me sens très coupable de cette négligence.

– Bien des gens rendraient grâce au ciel de retrouver intacts les lieux de leur enfance.

– Mais il y a eu beaucoup de changements ici, objecta le marquis.

– Des changements de quel ordre?

– Une foule de vieux serviteurs sont partis. Je pensais retrouver des visages familiers mais, au lieu de cela, Bateman par exemple, le majordome, s'est retiré.

– Vous le trouverez au village!

– Vous le connaissez?

– Oui, bien sûr!

– Vous dites « bien sûr ». Pourquoi « bien sûr »?

– Parce que je vis ici et que je connais tout le monde dans le pays.

– Alors peut-être pourrez-vous me dire ce qui

est arrivé aux domestiques qui étaient à notre service?

Ivana tressaillit imperceptiblement, puis, se reprenant, elle dit d'une voix changée :

– Je suis persuadée, monsieur, que votre régisseur saura vous fournir toutes les explications nécessaires sur le sort des serviteurs du château. Vous me permettrez maintenant de me retirer.

Comme elle achevait ces mots, Anthony pénétra dans la pièce.

– Vous retirer? répéta-t-il en écho. Mais c'est ridicule. Nous avons encore quantité de choses à vous montrer, n'est-ce pas, Justin? Les tableaux par exemple, et une foule d'objets tout à fait fascinants.

– Je suis désolée, dit Ivana, vous voudrez bien m'excuser, mais j'ai la migraine. Ce doit être la chaleur. Elle était étouffante aujourd'hui.

– S'il faut vraiment que vous partiez, je vais vous raccompagner. Il ne sera pas dit que nous vous avons laissée rentrer seule; maintenant il fait nuit.

– Mais non, tout ira très bien, répondit vivement Ivana.

– Rien n'est moins sûr. Qui vous dit que les voleurs ne sont pas cachés dans les buissons à vous attendre? Dès qu'ils vous verront arriver, ils crieront : « La bourse ou la vie! » et vous délesteront de vos bijoux et de votre argent.

Ivana rit de bon cœur.

– Ils seront sûrement très déçus, car je n'ai ni argent ni bijoux!

Mais Anthony revenait à la charge.

– Vous êtes beaucoup trop jolie pour repartir seule. D'ailleurs, Justin et moi avons négligé nos devoirs; l'un de nous aurait dû venir vous chercher.

– Je serai parfaitement en sécurité dans votre

voiture. Elle est d'ailleurs superbe. Et puis il y a Goddard, votre cocher.

Elle connaissait donc le nom du cocher, nota le marquis. L'avait-elle également rencontré au village ? Mais Goddard vivait avec sa famille dans une maison attenante aux écuries. A moins que Mrs Wadebridge ne fût déjà venue à Heathcliffe, on ne voyait pas où elle aurait bien pu le rencontrer.

– Voilà ce que nous allons faire, dit le marquis. Nous allons reconduire Mrs Wadebridge dans le phaéton, à moins qu'elle ne craigne de prendre froid.

– Mais pas du tout, répondit Ivana. Je serais ravie de monter dans le phaéton.

Le marquis sonna et tandis qu'il donnait des ordres pour qu'on fasse atteler, Anthony s'empressait de faire admirer les tableaux à Ivana.

Il la buvait littéralement des yeux. Ivana faisait sur la peinture les commentaires d'usage et le marquis vit passer sur le visage de son ami l'expression d'un débordement de sentimentalité qu'il jugea déplacé.

– Vous n'avez pas fini votre porto, Anthony, fit-il observer, faisant délibérément intrusion dans ce qui prenait toutes les apparences d'un prélude sentimental.

Anthony connaissait suffisamment le marquis pour savoir que c'était un ordre déguisé. A regret, il alla reprendre son verre laissé sur le guéridon.

Le marquis se tenait maintenant aux côtés d'Ivana.

– Je ne vous ai pas raconté notre dure journée à la poursuite des voleurs.

– A la poursuite des voleurs ?

– Anthony et moi avons sillonné tout le comté. Nous avons rendu visite à tous les fermiers des environs, interrogé tous les aubergistes de village.

Le plus renversant est que personne ne semble avoir entendu parler de cette bande.

– Peut-être sont-ils nouveaux venus?

– On se demande bien pourquoi ils auraient choisi Heathcliffe comme premier terrain d'opérations alors qu'à Brighton, il y a des bijoux à la pelle, que les bourses débordent de pièces d'or, et que le Pavillon Royal regorge des objets les plus rares.

– Alors, à l'heure qu'il est, répondit Ivana, les voleurs sont peut-être en train de dévaliser la résidence d'été du prince de Galles!

– Voilà qui n'est pas complètement exclu, dit le marquis. Néanmoins, il paraît étrange que, dans tout le Sussex, ils aient précisément choisi de venir à Heathcliffe le soir même de mon retour après une absence de cinq ans.

– Assurément, monsieur, devaient-ils être aussi surpris de vous y rencontrer que vous l'étiez de les y voir, suggéra Ivana.

Un léger sourire flottait sur ses lèvres. Elle semblait s'amuser énormément. Il s'en demanda la raison.

Elle posa la main un instant dans la vitrine vide.

– Il m'est difficile de croire que vous soyez si inconsolable d'avoir perdu des objets dont, pendant tant d'années, vous vous êtes si peu soucié, dit-elle.

Il y avait dans sa voix une ironie un peu mordante. Il répondit avec brusquerie :

– Ce n'est pas leur valeur marchande qui m'importe, mais ce que cette collection représentait pour mon père.

– Si c'était vraiment le cas, vous les auriez mis en sécurité chez vous, pour pouvoir les contempler à loisir.

Le ton montait. Le marquis percevait dans son

ton un accent très net d'hostilité. Il la regarda droit dans les yeux et rétorqua :

– Si j'ai bien compris, vous me reprochez non seulement d'avoir été négligent avec ces tabatières, mais aussi d'avoir abandonné mon domaine d'Heathcliffe. Me trompé-je?

– Je me garderais bien de juger la moindre de vos actions, répondit Ivana. Mais, bien sûr, si j'ai pu vous inspirer ces remords, veuillez m'en excuser.

Le marquis pinça les lèvres. Il cherchait une réponse cinglante, mais Travers annonça :

– Le phaéton est à la porte, milord.

– Je dois partir, dit Mrs Wadebridge. Je suis désolée d'être si discourtoise mais je n'aime pas laisser ma vieille Nanny seule très longtemps. Elle finit toujours par avoir peur.

– De quoi? s'enquit le marquis.

Il observait les fossettes de Mrs Wadebridge tandis qu'elle répondait :

– Tout simplement de l'obscurité. Nanny croit aux fantômes et aux esprits qui rôdent à la nuit tombée. Qu'alliez-vous donc imaginer?

Il passa dans les yeux de la jeune femme un éclair qui donna au marquis le sentiment qu'ils croisaient le fer.

Il en conçut une étrange exaltation.

Il n'aurait su dire pourquoi mais, au lieu de calmer ses ardeurs investigatrices, elle avait piqué de plus belle sa curiosité.

Dans le hall, Travers posa le châle sur les épaules d'Ivana.

– Merci, Travers, dit-elle d'un ton posé.

Elle l'avait appelé par son nom. En s'installant dans le phaéton, le marquis essaya de se souvenir si, au cours du dîner, il avait prononcé ce nom.

Il était presque sûr du contraire. Mais, encore une fois, il n'y avait aucune raison qu'elle ignorât le nom du nouveau majordome qui, lui aussi, devait faire ses emplettes au village.

Ivana s'assit entre les deux hommes sur la banquette du phaéton et le marquis vit Anthony lui chuchoter toutes sortes de compliments à l'oreille tandis qu'elle se moquait gentiment de lui.

Elle n'était sûrement pas la timide petite provinciale effarouchée qu'il se serait attendu à trouver. Elle semblait très sûre d'elle, malgré sa grande jeunesse. Sa physionomie reflétait une candeur inégalée. Elle paraissait véritablement intouchée. Et, par contraste, l'image de lady Rose se présenta à son esprit. L'absence totale de toute trace de fard sur le visage d'Ivana faisait penser qu'elle, au moins, ne devait pas avoir le visage brouillé au réveil. Et elle ne ronflait pas, il en était persuadé.

Bientôt, les murs de Flagstaff se dressèrent devant eux. Le marquis négociait avec adresse les tournants de l'allée étroite conduisant au manoir.

Ivana descendit de voiture et se répandit en remerciements.

– Je veux que nous nous revoyions bientôt, dit Anthony à voix basse en l'escortant jusqu'à la porte.

Ivana n'eut pas à répondre. Nanny se tenait sur le seuil, comme une poule agitée qui retrouve son poussin.

– Je vous souhaite une bonne nuit, sir Anthony, dit Ivana.

Il se découvrit :

– Bonne nuit, Mrs Wadebridge.

Ivana referma la porte de la maison et Anthony remonta dans la voiture.

Il fallut de l'adresse au marquis pour faire faire demi-tour à l'attelage sans que les roues du phaéton n'éraflent l'herbe fraîchement coupée ou ne mordent sur les bordures de galets blancs.

Passé le mur d'enceinte, le marquis se retourna machinalement pour regarder le manoir.

Ils avaient atteint la courbe de l'allée, et l'on pouvait voir une partie de l'énorme grange dépassant de la façade. Avec un frisson de satisfaction, il vit qu'une des fenêtres était éclairée.

4

Le lendemain matin, le marquis s'éveilla dans un état d'exaltation qu'il n'avait pas connu depuis des années.

Il avait mis longtemps à s'endormir. Le visage d'Ivana, avec ses yeux expressifs, se présentait sans cesse à son esprit.

Comme elle avait semblé effrayée le premier jour, quand Anthony et lui étaient entrés dans le salon du manoir! Plus il pensait à l'accueil qu'elle leur avait réservé ce jour-là, plus sa conviction se renforçait : il était sûr qu'elle et sa nourrice les attendaient déjà.

Que la nounou l'ait appelé milord et qu'elle ait tout de suite su qui il était, cela n'était pas très surprenant. Vivant depuis des années au manoir de Flagstaff, elle savait très bien que personne dans le voisinage n'avait son allure et n'en imposait de cette manière par son apparence.

Mais un palefrenier était là qui les attendait, et la porte s'était ouverte dès qu'ils avaient frappé. Ivana était installée dans son salon comme une dame de la bonne société. Tout cela lui paraissait bien plus significatif.

Il était sûr qu'elle possédait un tempérament bien trop actif, même dans ce cadre aux horizons bornés, pour qu'en venant à l'improviste, à n'importe quel moment de la journée, on pût la trouver là, assise à ne rien faire. Mais encore aurait-il fallu pouvoir le prouver.

Quel tableau inoubliable elle avait formé, sous ce tilleul, appelant les perruches qui voletaient autour d'elle!

Soudain une conversation qu'elle avait eue avec Anthony, à laquelle il n'avait guère prêté attention sur le moment, lui revint en mémoire, et voilà qu'il s'y raccrochait comme à une épave sur une mer déchaînée.

Après qu'elle eut libéré les perruches, Anthony lui avait dit :

– Vous imitez leur cri à s'y méprendre, Mrs Wadebridge. Vous vous êtes sans doute exercée pendant des années.

Avec un rire léger elle avait répondu :

– Je suis une excellente imitatrice.

Absorbé dans sa contemplation de la grange, intrigué par les étranges symboles de marine sur le sol de la cour, le marquis n'avait pas accordé d'attention particulière à ce dialogue.

Mais il y repensait. Et il se disait que si elle avait su imiter le cri rauque de la perruche, elle pouvait aussi bien avoir contrefait la voix d'un homme.

Tout cela paraissait pourtant bien tiré par les cheveux. Il n'y croyait pas lui-même. Que la si belle et si féminine Ivana ait voulu se déguiser en voleur de grand chemin lui semblait peu plausible.

Il y pensa toute la nuit. Et, au matin, bien qu'il eût décidé de n'en souffler mot à Anthony, tant la chose paraissait rocambolesque, il y pensait toujours.

Au petit déjeuner, attaquant un plat de rognons et de champignons frais cueillis, Anthony lui dit :

– Alors? Qu'avez-vous projeté de passionnant pour aujourd'hui? Allons-nous encore partir en campagne et exercer notre flair de limiers? Je finirai sûrement par avoir quelques dons. (Le marquis se contenta de sourire sans répondre, et Anthony reprit :) En ce qui me concerne, une nouvelle visite à la dame aux yeux bleus ne serait pas pour me déplaire. Je la trouve décidément infiniment envoûtante.

Le marquis allait répliquer qu'il souhaitait lui aussi aller revoir Mrs Wadebridge. Mais, s'avisant de la présence de Travers qui servait le petit déjeuner, il s'abstint.

– J'ai un projet un peu différent, commença-t-il pour être immédiatement interrompu par Anthony.

– Ce que vous pouvez être prosaïque, mon cher Justin !

Achevant ces mots, il leva la tête et vit le marquis froncer les sourcils en silence à son adresse.

– Mais enfin, qu'avez-vous ? demanda-t-il en s'avisant instantanément qu'il venait de perdre une belle occasion de se taire.

Ils se mirent à parler chevaux et à commenter les nouvelles de la veille.

Les journaux n'arrivaient à Heathcliffe que tard dans la journée car on était obligé d'envoyer un valet d'écurie les chercher à Brighton.

Ils passèrent dans la bibliothèque.

Anthony demanda :

– Pouvez-vous m'expliquer ce que signifiaient ces froncements de sourcils et ces signes d'intelligence pendant le petit déjeuner ?

Le marquis vérifia que la porte était bien fermée et dit :

– Travers écoutait.

– Je me suis tu immédiatement lorsque vous m'avez fait signe que je commettais une bévue. C'est donc à cause de Travers que vous faisiez tant le mystérieux ? Mais pourquoi ? Que vient-il faire dans tout cela ?

– Je n'ai aucune raison particulière de penser que c'est lui qui a fait prévenir les gens du manoir de notre visite hier. En fait, je suis presque sûr que c'est Markham qui s'en est chargé. Mais, si nous retournons voir la dame aux yeux bleus, cette fois, je ne veux pas qu'elle en soit avertie.

– Dieu du ciel, Justin, nous sommes en plein roman de cape et d'épée, railla Anthony. Mais si vous voulez mon avis, vous vous êtes embarqué sur une fausse piste. Quant à Célestes Prunelles, je la crois blanche comme neige et plus candide que l'enfant qui vient de naître.

– Oui, mais elle a un mari, répliqua sèchement le marquis, et elle a aussi un serviteur qui laisse traîner ses jambes de bois dans le jardin tandis qu'un troisième larron habite une grange qu'elle dit fermée à double tour.

– Qu'en savez-vous? demanda Anthony brutalement.

– Quand nous sommes repartis, hier soir, une des fenêtres de la grange était éclairée.

– Vous ne m'en avez rien dit.

– J'étais trop occupé à me demander pourquoi Mrs Wadebridge s'était crue obligée de nous mentir. Je m'interrogeais sur ce qu'elle voulait exactement nous cacher.

Il y eut un silence.

Puis Anthony dit :

– Vous allez vraiment finir par m'intriguer, Justin, mais pendant que j'y pense, vous me devez dix guinées.

– Ah bon? Et pour quelle raison? Peut-on savoir?

– Que je sache, elle ne nous a livré aucun indice hier soir, et c'était là l'objet de notre pari.

Le marquis soupira :

– Hélas, il faut admettre que vous avez raison.

Cela ne m'empêche nullement de penser qu'elle a esquivé mes questions de façon particulièrement adroite et qu'elle a su donner des réponses qui lui évitaient de se compromettre.

– Bien entendu, si par la suite vous parvenez à prouver que l'enjeu ne me revenait pas, je m'engage à présent à vous rembourser, dit Anthony, mais en attendant, passons la monnaie...

– Vous acceptez une reconnaissance de dette ?

– Force m'est de vous faire confiance ! plaisanta Anthony.

Le marquis prit une feuille de papier, et il inscrivit le montant de l'enjeu puis, pliant la feuille, il confectionna une flèche de papier qu'il fit voler à travers la pièce en direction d'Anthony.

– Seriez-vous prêt à parier sur une autre éventualité ?

– Laquelle ? questionna Anthony.

– Que le bandit que nous recherchons n'est autre que Mrs Wadebridge elle-même, ou son mari.

Anthony, absolument abasourdi, restait bouche bée. Puis il se reprit.

– Ce n'est pas possible ! Vous plaisantez !

– Mais non, je suis très sérieux, rétorqua le marquis. Vous souvenez-vous, hier, quand elle vous a confié qu'elle avait le don d'imitation ? Et puis, qui cache-t-elle dans la grange ? Son mari ?

– Quelle raison au monde pourrait l'obliger à se cacher ?

– Je n'en ai pas la moindre idée, à moins qu'il ne soit porté déserteur.

– Cela ne ressemblerait guère à un héritier des Wadebridge ni aux traditions d'écumeurs de mer qui s'attachent à ce nom.

– Ce serait une raison de plus pour le cacher s'il avait eu des ennuis.

– Oui, bien sûr, je vois ce que vous voulez dire,

mais il me semble que vous allez chercher un peu loin. D'ailleurs, tout est exagéré dans cette affaire, si vous allez par là. Les perruches, la lumière dans une grange dont on nous a dit qu'elle était bouclée, le bandit entrant dans la salle à manger pendant notre dîner, et il n'est pas jusqu'à Ivana Wadebridge elle-même...! (Anthony semblait prendre le ciel à témoin.)

– Nous sommes bien d'accord. Toute l'affaire est parfaitement irréelle, elle n'a ni queue ni tête, il ne peut s'agir que d'un rêve...

Sans ajouter mot, le marquis lança un coup d'œil rapide en direction de la vitrine vide qui avait abrité les tabatières.

– Bon, bon, convint Anthony, vous avez gagné. Mais par principe et parce que je refuse de croire systématiquement tout ce que vous racontez, gageons tout de même cinquante livres. Je fais le pari qu'Ivana Wadebridge n'est pas le bandit, mais bien entendu, pour son mari, je ne m'engage pas.

– Pari tenu, dit le marquis. Et maintenant, partons pour la seconde étape de notre recherche.

– Où allons-nous?

– Je veux voir Bateman qui a été majordome à Heathcliffe pendant vingt-cinq ans. La dernière fois que je suis venu, il était encore là.

– Fort bien, dit Anthony, avez-vous donné l'ordre de seller les chevaux?

– Ils nous attendent à la porte.

Ils furent bientôt hors des portes, et voulant profiter de l'humeur alerte de leurs montures, ils choisirent de prendre à travers bois.

Galopant parmi les arbres, ils débusquèrent un daim tacheté, couché sous les ombrages. Les troupeaux avaient considérablement augmenté depuis la mort du marquis. Il faudrait en parler au garde forestier.

Cette chasse aux bandits avait empêché le marquis de remplir ses devoirs de maître du domaine. Il n'avait encore ni félicité le chef jardinier pour la bonne tenue du parc, ni parlé au garde-chasse et aux forestiers, ni demandé de rapport sur l'état des fermages.

Il s'étonnait un peu que Markham ne lui eût pas rappelé ces choses, mais le régisseur, soucieux de lui rendre le séjour agréable après tant d'années d'absence, avait sans doute craint de l'importuner en le confrontant immédiatement aux problèmes domestiques.

Ils franchirent au trot le mur d'enceinte du petit village, aux maisons dispersées.

La plupart des chaumières avaient été édifiées par feu le marquis à l'intention de ses vieux serviteurs. Entourées de petits jardins remplis de fleurs, elles étaient regroupées autour d'une église normande de pierre grise, bien antérieure au château de Heathcliffe. Les tombeaux qu'il y avait vus, enfant, lorsqu'il accompagnait son grand-père à l'office du dimanche, avaient donc été érigés par la famille Wadebridge!

L'idée le frappait; penser que les Wadebridge avaient été les seigneurs du lieu avant que les Veryan y vinssent en usurpateurs racheter leurs terres, éclairait l'histoire de la famille d'un jour nouveau qui le passionnait.

Il ne s'étonnait plus désormais de la haine du vieil amiral et il se demandait de quels sentiments Ivana était animée à son égard.

Il s'agissait peut-être moins d'antipathie que d'une certaine crainte.

Un homme venait à leur rencontre. A son allure

on devinait l'homme d'Eglise. Le pasteur sans doute.

Le marquis tira court sur les rênes.

– Etes-vous le vicaire de cette paroisse? s'enquit-il.

Surpris, le prêtre leva la tête mais parut bientôt reconnaître son interlocuteur.

– Oui, dit-il. A n'en point douter, vous êtes le marquis de Veryan.

– C'est cela même, répondit le marquis. Vous m'avez donc reconnu? Vous m'en voyez surpris.

Le vicaire sourit.

– Je ne vous ai pas positivement reconnu, milord, mais j'ai entendu dire que vous étiez arrivé à Heathcliffe. Et il y a dans toute votre personne un air de famille indéniable.

– Vous avez connu mon père?

– Je l'ai connu dans les deux dernières années de sa vie, répondit le vicaire. Puis-je me permettre de vous dire combien il est agréable de savoir qu'il y a de nouveau un Veryan à Heathcliffe?

– Merci, vicaire, répondit le marquis. J'ai bien conscience d'être resté absent beaucoup trop longtemps. Il se trouve que, pour l'heure, je souhaite rendre visite à Bateman, dont j'apprends qu'il a quitté mon service et s'est retiré. Pouvez-vous m'indiquer le cottage où il vit?

– Il demeure à Haytop Cottage, répondit le vicaire, indiquant le cottage en question, mais vous ne le trouverez pas en très bonne santé, le pauvre diable!

– Je suis désolé de l'apprendre, répondit le marquis. Son mauvais état de santé a-t-il été le motif de son départ?

Le vicaire hésita. Mais le marquis semblait attendre une réponse et il finit par dire :

– Mr Markham n'a pas informé Votre Seigneurie des circonstances exactes...?

– Non, répondit le marquis, et je vous saurais gré de vouloir le faire.

Il mit pied à terre. Le vicaire, un homme d'âge moyen, aux cheveux grisonnants, hésitait visiblement à parler.

– Mr Markham aurait dû vous en parler, milord, commença-t-il. Bateman s'est mis à boire et, bientôt, il s'est trouvé dans l'incapacité d'assurer son service.

– Il s'est mis à boire! s'exclama le marquis.

– Que Sa Seigneurie ne croie surtout pas que je me mêle de juger qui que ce soit mais, très franchement, il n'avait plus assez de travail et, comme il avait la charge du cellier, la tentation a été trop grande.

– Quel dommage, dit le marquis. J'ai toujours pensé que c'était un bien brave homme.

– Assurément, accorda le vicaire, mais une tête oisive est l'atelier du diable!

Le marquis pinça les lèvres et dit :

– Haytop Cottage, dites-vous? Bien. Merci, vicaire, je suis très heureux de vous avoir rencontré.

– Moi de même, milord, répondit le vicaire.

Tenant la bride de son cheval, le marquis se dirigea vers le cottage.

Promenant ses yeux aux alentours, il vit de l'autre côté de la route une bande de gamins qui regardaient les chevaux de tous leurs yeux.

Avisant le plus grand, il lui fit signe de traverser.

– Tu vas tenir mon cheval un instant, lui dit le marquis. Tu sais t'y prendre avec les chevaux? Il faut être doux et gentil avec eux.

– Oui, monsieur.

– Prends-lui la bride et, s'il commence à s'énerver, fais un bout de chemin avec lui jusqu'à l'église. Tu as compris?

– Oui, monsieur.

Anthony fit de même, et deux gamins, roses d'excitation, se mirent à flatter les chevaux et s'affairèrent autour d'eux, tandis que les deux cavaliers remontaient le sentier pavé conduisant au cottage.

La porte s'ouvrit et sur le seuil ils virent une femme corpulente d'une trentaine d'années. Confondue par leur apparence, elle plongea dans une révérence gauche. Elle était manifestement trop interdite pour articuler le moindre son.

– Je suis le marquis de Veryan. Je voudrais voir Bateman. Etes-vous sa fille?

– N... non, milord... sa nièce. J'avions quitté ma place au château pour prend' soin d'lui.

– Vous serviez à Heathcliffe?

– Oui, monsieur.

– Je n'ai pas vu votre oncle depuis mon arrivée. Puis-je lui parler?

La femme hésitait.

– Vot' Seigneurie va l'trouver changé...

– Je comprends, dit le marquis. Où est-il?

Pour toute réponse, la femme les précéda dans la petite cuisine et ouvrit la porte du fond qui conduisait à la chambre à coucher.

Le vieux maître d'hôtel était étendu là, vêtu d'une chemise de nuit de flanelle rouge.

L'homme était méconnaissable. Sa physionomie, autrefois quelque peu épiscopale, s'était transformée en un visage bouffi; le teint était rouge et le nez enflé; à la vue du marquis, les mains et la tête s'agitèrent, de ce grand tremblement qu'on voit aux ivrognes invétérés.

– Voilà Sa Seigneurie qui est venue te voir, mon oncle, dit la femme.

Puis elle retourna à sa cuisine, laissant le marquis et Anthony seuls avec Bateman.

Le marquis approcha une chaise. Le vieux majordome avait les yeux injectés de sang. Visiblement, il n'avait pas renoncé à la boisson.

– Je suis navré de vous voir dans cet état, Bateman, dit-il. Vous m'avez manqué quand je suis revenu à Heathcliffe. Sans vous, la maison n'est plus ce qu'elle était.

– C'est gentil à Sa Seigneurie de me dire cela, répondit Bateman. Je tenais toujours la maison prête pour le cas où Votre Seigneurie voudrait nous rendre visite, mais je suis tombé malade et Markham m'a donné ce cottage. (Il se tut. Il reprit sur un ton de ressentiment :) D'ailleurs, il n'était pas mécontent de se débarrasser de moi.

Il bredouillait légèrement. Malgré l'heure matinale, il semblait avoir déjà tâté de la bouteille.

Il était tout de même extraordinaire que sa nièce le laissât boire de cette façon alors que c'était précisément le vin qui l'avait rendu malade.

Mais, pour l'instant, le marquis était surtout intrigué par la remarque de Bateman.

– En quoi cela pouvait-il arranger Mr Markham de vous écarter du château? demanda-t-il.

– Cela, Sa Seigneurie devra le découvrir par elle-même...

– Je vous connais depuis assez de temps, Bateman, dit le marquis, et ma confiance en vous égalait celle de mon père. J'ai toujours su combien vous étiez dévoué au domaine.

– Je prenais soin du château comme de ma propre maison, milord, répondit Bateman, et feu Sa Seigneurie était un grand gentilhomme, personne ne dira le contraire.

– Nous en sommes bien d'accord, dit tranquillement le marquis. Mais après sa mort, que s'est-il passé pour que vous quittiez mon service, contrairement à ce que j'aurais si vivement souhaité?

– Ce qui est arrivé n'est pas juste, milord! Quand Cobbler, Wilkins et les deux autres valets de pied sont partis à la guerre, ils n'ont pas été remplacés. Au début, je m'en sortais mais, par la suite, il m'est devenu difficile de conserver la maison en l'état où l'aurait voulu Votre Seigneurie.

– Cobbler et Wilkins n'ont pas été remplacés? reprit le marquis.

– Non, milord. Ils sont partis les premiers, suivis de James, puis de Nicholson – oh! ce n'est pas qu'il ait jamais été bon domestique. Il avait une vraie tête de linotte. J'ai essayé de continuer, milord, mais la tâche était trop lourde.

– Vous avez dit cela à Mr Markham?

– Lui dire? Je ne cessais de le lui répéter, mais il ne voulait rien entendre. (Il y eut une pause, puis Bateman poursuivit :) Notez qu'il avait ses raisons pour ne pas m'écouter, je le sais, mais tout cela était très injuste à mon égard, milord.

– Quelles raisons avait-il donc de ne pas vouloir vous entendre? interrompit le marquis.

Il avait parlé avec brusquerie; c'était une erreur, il s'en rendit compte immédiatement.

Bateman s'était tu. L'expression d'abandon confiant disparut de ses traits. Un voile de méfiance ternit son regard, comme s'il se souvenait, tout à coup, d'avoir à se tenir sur ses gardes.

Il se carra contre ses oreillers et dit d'une voix changée :

– Mais comme ma nièce dit toujours, je parle trop, milord. J'embrouille tout depuis quelque temps. Il n'y a rien à dire contre Mr Markham. Il s'est montré très généreux envers moi – très généreux.

C'était un revirement complet, et le marquis jugea préférable de ne faire aucun commentaire.

Il n'y avait de toute évidence plus rien à tirer aujourd'hui de Bateman. Cela ne servirait à rien de le bousculer.

Le marquis prit congé.

– Je suis heureux de vous avoir revu, Bateman, dit-il. Dépêchez-vous de vous rétablir. Je veux vous revoir très vite à Heathcliffe.

– Il est trop tard, milord, maintenant. Trop tard.

Le marquis sortit de la pièce, suivi d'Anthony. Dans la cuisine, la nièce de Bateman s'affairait à ses fourneaux.

– Je suis navré d'avoir vu votre oncle dans cet état, lui dit-il. (Elle ne répondit pas. Il poursuivit :) Ce n'est sûrement pas bon pour lui de tant boire.

La femme eut un mouvement d'impatience et détourna la tête :

– Je n'y peux rien, milord.

– Vous pouvez empêcher qu'on lui donne du vin, fit observer le marquis. Comment s'en procure-t-il et comment pouvez-vous payer ce que cela coûte ?

Une expression à la fois têtue et effrayée apparut sur le visage de la femme.

Elle se taisait obstinément. Après un instant, le marquis reprit :

– Je présume que vous ne souhaitez pas vous confier à moi !

– Non, milord, c'est impossible.

Le marquis tira de sa poche de gilet deux guinées et les mit sur la table.

– Voilà pour votre oncle. Dépensez cet argent en superflu, dit-il, mais pas de boisson, d'aucune sorte. C'est bien compris ?

– Oui, milord, merci, milord.

Elle fit à nouveau la révérence tandis que le marquis et Anthony se retiraient.

Ils donnèrent la pièce aux gamins qui avaient pris soin des chevaux et enfourchèrent leurs montures sans échanger un mot.

Quand ils furent sortis du village, Anthony prit la parole :

– Que pensez-vous de tout cela?

– Je ne suis sûr de rien, repartit le marquis, mais cela m'a certainement donné beaucoup à réfléchir.

A l'orée du parc, comme Anthony se disposait à tourner bride en direction du manoir de Flagstaff, le marquis déclara :

– Je ne souhaite pas aller voir Mrs Wadebridge aujourd'hui. Je veux essayer d'y voir plus clair et d'en apprendre un peu plus long sur Bateman.

– Fort bien, concéda Anthony de mauvaise grâce. Alors, où allons-nous?

– Je voudrais parler à Grimshaw, le premier jardinier, répondit le marquis. Lui, au moins, est toujours ici.

– Et, d'ailleurs, je l'imagine mal à court d'ouvriers, dit Anthony. Je n'ai jamais vu un jardin mieux entretenu, excepté peut-être celui du manoir.

– Espérons que Grimshaw pourra nous éclairer un peu, conclut le marquis.

Les chevaux avaient pris à travers champs, derrière les écuries. Là, à quelques centaines de mètres du château, cachée derrière le mur du potager, se trouvait la maison de brique rouge qui, de tout temps, était attribuée au premier jardinier.

Ils mirent pied à terre et avisèrent, pour surveiller les chevaux, un homme poussant une brouette qu'il allait décharger hors des murs d'enceinte.

Le bref regard qu'ils lui jetèrent suffit à leur

apprendre que, de toute évidence, l'homme était un ancien marin.

Toutefois, le marquis n'entendait interroger aucun des aides-jardiniers avant d'avoir pu parler à Grimshaw qu'il apercevait déjà à l'autre bout du vaste potager.

Grimshaw n'avait pas à craindre que le marquis se plaignît du jardin potager. C'était un modèle du genre. Chaque pouce carré était mis en valeur et les carreaux de la serre étincelaient au soleil. Dans le verger, les arbres fruitiers, à l'alignement, paraissaient avoir été enrégimentés pour produire les fruits les plus volumineux et les plus diaprés qu'on eût jamais vus.

Bien sûr, Grimshaw avait pris de l'âge mais, visiblement, il était content de revoir le maître de Veryan.

– Votre présence ici est comme la vue rendue à des yeux malades! Quelle agréable surprise de vous voir de retour après tant d'années! dit-il avec un doux accent du Sussex.

– Je suis heureux d'être ici, répondit le marquis avec simplicité, et je vous félicite pour le jardin, Grimshaw. Il n'a jamais été aussi parfait.

– Je me réjouis que Sa Seigneurie soit satisfaite.

– Je ne parviens pas à m'expliquer comment vous avez pu vous y prendre car, si je comprends bien, pendant la guerre, il a été très difficile de trouver des ouvriers.

– C'était peut-être le cas pour certains, milord, mais pas pour nous.

– Comment cela se fait-il? s'enquit le marquis.

– Mr Markham s'est arrangé d'une façon ou d'une autre pour nous fournir de l'aide.

– Comment a-t-il fait?

– Il m'a d'abord envoyé des infirmes: tous les

aveugles et les éclopés, comme je disais souvent en riant. Mais même eux faisaient du bon travail.

– Voulez-vous dire que les hommes que vous engagiez ici au jardin étaient des blessés de guerre ?

– Oui, milord, des marins. Ils préfèrent travailler que mourir de faim, et, du travail, je me suis arrangé pour leur en donner. (Le marquis gardait le silence. Grimshaw poursuivit :) Naturellement, depuis que la paix est revenue, milord, nous avons des hommes « complets », si je peux me permettre. Rien ne leur manque à ceux-là, sinon que, pour la plupart, ils n'avaient jamais vu de leur vie une bêche ni une binette. Je leur apprends d'abord un peu à travailler et, bien qu'ils répètent souvent qu'ils n'ont pas l'intention de rester « marins d'eau douce », ils sont trop heureux d'avoir un travail pour faire les difficiles.

– Eh bien, laissez-moi vous féliciter une fois de plus, dit le marquis. (Il se disposait à s'éloigner lorsqu'il se ravisa :) A propos, dit-il, en ce moment même, combien avez-vous d'hommes sous vos ordres ?

– Seize, milord.

Le marquis rejoignit Anthony sur le sentier nettement tracé entre les carrés de légumes.

– Des laissés-pour-compte de la marine, commenta-t-il à voix basse. D'abord des blessés de guerre, puis, depuis avril, ceux qui ont été débarqués des vaisseaux de ligne.

– J'ai entendu dire qu'il y en avait des milliers dans ce cas, dit Anthony. En fait, la semaine dernière encore, à mon club, on m'a rapporté qu'on désarmait les bâtiments de guerre à un rythme quelque peu indécent.

Le marquis acquiesça.

– Oui, j'ai entendu lord Saint-Vincent parler à la

Chambre des lords, dit-il d'un ton méditatif. Il attirait violemment l'attention des lords sur la nécessité d'économies draconiennes pour le budget de la marine.

– J'ai même eu vent d'une tout autre version des faits, maintenant que vous m'y faites penser, dit Anthony. Au lieu de mettre les navires de la flotte au radoub, comme le besoin s'en fait si cruellement sentir, on néglige de faire les réparations nécessaires : les ouvriers des chantiers navals sont mis à pied, les contrats avec les chantiers privés sont annulés et les surplus de marchandises sont écoulés à bas prix et parfois même vendus à des intendants français...

A ces mots, le marquis s'immobilisa pour dévisager son ami :

– Et vous qui prétendiez l'autre jour qu'il n'y avait rien à craindre de Bonaparte, dit-il avec reproche. Je suis absolument convaincu qu'il réapprovisionne ses chantiers vides et que les constructions navales ont repris en France !

– Vous voulez me faire frissonner, rétorqua Anthony. Retournez donc plutôt sur les traces de vos voleurs. En tout cas, vous feriez bien de vous souvenir que vous êtes le premier à profiter de cet état de choses puisque vous avez maintenant un équipage entier pour travailler à l'entretien de vos jardins.

Absorbé dans une profonde réflexion, le marquis ne répondit pas.

Ils étaient de retour au château. L'heure du déjeuner avait sonné et, sur le seuil de la salle à manger, le marquis déclara :

– Pas un mot en présence de Travers de ce que nous avons découvert ce matin.

– Vous entendre, c'est obéir, répondit Anthony

d'un ton léger. Mais quand irons-nous donc rendre une nouvelle visite à la jeune dame?

– Quand j'y serai décidé, répondit le marquis d'un ton irrité qui n'admettait pas de réplique.

– Et... vous y serez décidé... quand cela?

– Quand nous aurons rassemblé suffisamment de preuves pour pouvoir l'envoyer au banc des accusés, répondit le marquis.

– Si je savais vraiment que vous alliez faire cela, je me sentirais l'envie de vous étendre pour le compte.

– Si vous voulez essayer, je vous en prie, répondit le marquis, mais rappelez-vous que, lors de nos pugilats, nous avons toujours été à égalité. Bien entendu, je suis tout à fait prêt à vous accorder un petit intermède à l'épée – mais peut-être préférez-vous le pistolet à dix pas?

– Hélas, vous pourriez vous prévaloir d'un avantage déloyal, dit Anthony. Je vais donc être obligé d'avoir raison de vous de tout autre façon.

– Allez, ne soyons plus ennemis. Je vous veux à mes côtés, dit le marquis. Il se passe ici quelque chose d'absolument fantastique. Il faut que vous en preniez conscience. Si nous n'en découvrons pas la cause, je vous jure que cela me laissera insatisfait jusqu'à la fin de mes jours.

– Je suis aussi curieux que vous : je ne cesse de me demander à quoi peut bien ressembler le mari...

Le marquis saisit le coussin du fauteuil et l'envoya à la tête de son ami. D'une main preste, Anthony le rattrapa et le lui renvoya juste au moment où Travers entrait annoncer le déjeuner.

Après un repas exquis, ils se retrouvèrent dans la bibliothèque; Anthony se dirigea vers la fenêtre :

– Et maintenant?

Pour toute réponse, le marquis poussa une exclamation qui était presque un cri.

– Qu'est-ce qui vous arrive?

– Idiot que je suis! s'exclama le marquis, comment n'y ai-je pas pensé?

– Pensé à quoi?

– A vérifier les comptes de Markham!

– Et ces comptes vont vous apprendre quoi?

– Beaucoup de choses, répondit le marquis. Tous les mois, je me fais envoyer de Londres les comptes de tous mes domaines. Parfois, je les examine personnellement mais, le reste du temps, j'en laisse le soin à mon secrétaire qui vérifie s'il n'y a pas quelque dépense inhabituelle. (Anthony écoutait attentivement. Le marquis poursuivit :) Je me souviens parfaitement avoir vérifié les comptes de Heathcliffe, il y a deux ou trois mois, et j'avais même pensé incidemment, à cette occasion, qu'en dépit de la montée des prix pendant la guerre, les dépenses étaient restées plus ou moins au même niveau que du vivant de mon père.

– Et en quoi cela éclaire-t-il notre affaire? demanda Anthony.

– Eh bien! Tous ces hommes recrutés pour travailler aux jardins – et il n'y en a jamais eu autant au château, je vous en fiche mon billet! – il faut bien les payer, n'est-ce pas?

Anthony gardait le silence. Puis il finit par dire :

– Je vois où vous voulez en venir. Mais sans doute les boiteux et les éclopés, comme les appelle votre jardinier, ont-ils été moins bien payés que les hommes valides?

– Dans ces conditions, ils auraient tout de même dû figurer dans les livres, insista le marquis. De même pour les nouveaux laquais.

– Bon, demandons donc à voir le grand livre et vérifions nous-mêmes.

– Je me propose justement de le faire, opina le marquis. Mais ce serait une faute de demander à Markham de nous l'apporter lui-même.

– Pourquoi?

– Il lui serait trop facile de le corriger ou de prétendre qu'il a été égaré, voire que les voleurs l'ont emporté.

– Je vois, répondit Anthony. Mais alors comment avez-vous l'intention de vous le procurer?

Le marquis réfléchit un instant et répondit :

– Je vais feindre de vouloir faire avec vous le tour du propriétaire. Nous allons ostensiblement déambuler dans le hall et je vous dirai : « A propos, mon cher Anthony, je n'ai pas encore visité l'orangerie depuis mon retour. Je suis sûr que Grimshaw a mis à l'abri des plantes magnifiques qui valent le coup d'œil. »

– Continuez, le pressa Anthony. Et après?

– L'orangerie est sur le chemin du bureau du régisseur. Et, passée la salle de bal qui, du plus loin que je me souvienne, a toujours été fermée, puis la salle d'armes où, bien sûr, je m'attarderai quelque peu à regarder les fusils et les pistolets, nous entrerons, du même mouvement, dans le bureau du régisseur qui est attenant. Si Markham est là, cela semblera tout à fait naturel d'avoir voulu lui rendre visite en passant. S'il n'y est pas, nous n'aurons qu'à nous emparer de ce que nous sommes venus chercher.

– Excellent, approuva Anthony. Mais, dites-moi, vous perdez votre temps, dans la position actuelle que vous occupez! Vous auriez dû prendre la tête des forceurs de blocus, ou alors accepter d'organiser une force nationale de police!

– La chose pourrait bien finir par m'être proposée! Il y a assez longtemps que l'on m'en parle en haut lieu, répondit le marquis.

– Malheureusement, personne pour le moment au Parlement ne voudrait voter le moindre crédit pour la création d'un nouveau service...

– Je vous l'accorde, acquiesça le marquis. Il est vrai que la dette publique a doublé depuis la guerre.

Comme deux gamins, ils firent ce qui était convenu. Ils déambulèrent à travers les couloirs du château en jouant la petite comédie que le marquis avait imaginée.

Deux valets étaient en faction dans le hall et les entendirent déclarer bien haut qu'ils se rendaient à l'orangerie. Le marquis supposait que Travers vaquait certainement par là, à portée de voix.

L'orangerie était demeurée comme dans son souvenir. Les plantes rares qu'il y avait vues, du vivant de son père, étaient toujours florissantes. Le marquis s'étonna un peu de ne pas en découvrir de nouvelles.

L'armurerie avait un aspect net et briqué, mais les fusils de chasse étaient vraiment d'un autre âge; quant aux pistolets, ils étaient juste bons pour le musée.

Ils ne s'attardèrent pas et, en s'engageant dans le couloir, le marquis dit à haute et intelligible voix :

– Mon cher, je veux absolument vous montrer cette ancienne carte de la propriété qui est accrochée dans le bureau du régisseur. Il faut que vous voyiez où passe exactement la limite des terres du manoir de l'amiral.

– Oui, cela m'intéresse énormément.

Le marquis ouvrit une porte.

Le bureau du régisseur était désert. Sur la table, un énorme registre était ouvert, une plume d'oie posée sur la page.

Les dépenses des quatre dernières années étaient

nettement reportées, colonne par colonne. C'étaient bien les comptes dont il avait eu la copie à Londres.

Il prit le grand livre sous le bras et, toujours suivi d'Anthony, il se hâta vers la bibliothèque.

Le marquis s'installa derrière la table à écrire.

– Maintenant, nous allons voir ce qui s'est passé exactement, dit-il.

Il ouvrit le registre et revint deux ans en arrière.

– Voilà, les gages des domestiques. Entre autres, il y a Bateman, Cobbler, Wilkins et Nicholson.

– Quelle année vérifiez-vous?

– Début 1800.

Le marquis tournait les pages.

– J'ignore la date exacte à laquelle Cobbler, Wilkins et les deux autres sont partis, mais Bateman m'a dit qu'au moment de prendre sa retraite, il manquait de personnel. Nous pouvons peut-être commencer par regarder qui l'a remplacé, lui, quand il est parti.

Il reprit le registre depuis le début, examinant les pages une par une. Parvenu à la dernière, rédigée de la petite écriture fine et soignée de l'ancien régisseur, son visage changea, si bien qu'Anthony lui demanda avec vivacité :

– Qu'avez-vous découvert?

– Si l'on en croit ce registre, dit le marquis, Cobbler, Wilkins, James et Nicholson sont toujours à mon service. Ils sont régulièrement payés et leurs salaires sont reportés ici mois par mois.

– Markham vous vole donc? dit Anthony.

– J'ai tout lieu de le croire, répondit le marquis. Et c'est même par là que je vais commencer mon enquête. Tirez le cordon de la sonnette!

Au ton impérieux de sa voix, Anthony pouvait deviner la colère du marquis. La pensée d'être trompé ou volé par ceux en qui il plaçait sa confiance l'avait toujours mis dans des fureurs noires.

Nul ne soufflait mot. Travers entra.

– Fais chercher immédiatement Mr Markham, ordonna le marquis.

– Très bien, milord.

De nouveau, le silence était retombé, et trouvant l'atmosphère oppressante, Anthony alla ouvrir une des fenêtres de la véranda qui donnait directement sur la pelouse.

Puis il se tourna vers le marquis :

– Souhaitez-vous que je reste? demanda-t-il.

– Bien sûr, répondit le marquis.

La porte s'ouvrit et Markham entra.

A l'évidence, il avait peur. Son visage était blanc. Il traversa la pièce et vint se placer face au marquis, séparé de lui par la largeur de la table à écrire.

– J'ai regardé vos comptes, Markham, commença le marquis. Pouvez-vous m'expliquer comment il se fait que quatre des valets qui ne sont plus à mon service émargent encore à ce registre?

– C'est sûrement une négligence de ma part, milord, répondit Markham d'une voix tremblante, mais je n'avais engagé leurs remplaçants qu'à titre temporaire et, comme ils recevaient le même salaire, je n'ai pas jugé utile de changer les noms.

Tout à fait défendable, convint le marquis, mais il trouvait tout de même le procédé désinvolte.

– Comment se fait-il que ces hommes aient été engagés à titre temporaire?

– Il n'est pas facile de trouver des domestiques par ici, milord, et j'ai dû prendre ce que je trouvais. La plupart d'entre eux ne faisaient pas l'affaire.

Le marquis regarda le régisseur. Markham, très pâle, transpirait abondamment, et le marquis était assez exercé au maniement des hommes pour voir que, malgré une grande emprise sur lui-même, il était absolument terrorisé.

– J'ai également pu constater, poursuivit le marquis, que les comptes ne font pas ressortir le moment où Bateman a pris sa retraite et où Travers est venu le remplacer.

– Non, milord, et pour les mêmes raisons.

– Mais Travers est à coup sûr très compétent, et vous deviez bien penser qu'il ferait l'affaire, lui?

– Je n'en étais pas certain, milord.

Le marquis tournait les pages.

– Venons-en maintenant aux jardiniers. Grimshaw m'a dit qu'il avait à son service seize hommes. Voilà vraiment un effectif peu ordinaire!

– Grimshaw ne s'est jamais plaint d'avoir trop de monde.

– Là n'est pas la question, l'interrompit sèchement le marquis. Vous n'inscrivez ici que dix paies de jardiniers chaque semaine. Que faites-vous pour les autres?

– Certains d'entre eux sont nouveaux venus, milord, et je n'entendais pas les payer autant que ceux qui sont avec nous depuis des années.

– Mais là non plus les noms n'ont pas été changés.

– Non, milord.

A présent, Markham tremblait de tous ses membres.

Comme s'il trouvait intolérable cet interrogatoire, Anthony se leva et sortit de la pièce.

Le marquis frappa brusquement du poing sur le bureau, ce qui fit vibrer l'écritoire.

– Je veux la vérité, dit-il avec colère, toute la vérité.

Markham prit une longue inspiration.

C'est alors que, de la fenêtre restée ouverte, une voix s'éleva :

– Vous allez la connaître, milord.

5

Ivana Wadebridge pénétra dans la pièce.

Elle portait sa robe vert émeraude du premier jour, qui faisait ressortir la blancheur diaphane de sa peau.

Comme elle s'approchait, il vit qu'elle était anormalement pâle et paraissait effrayée.

Il fut si abasourdi à cette apparition qu'il ne se leva pas et resta derrière son bureau.

Markham s'écria :

– Non, non, miss Ivana, laissez-moi faire. Il ne faut pas que vous soyez mêlée à cela.

Ivana sourit.

– Mais j'y suis mêlée, Marky, et nous ne pouvons plus continuer comme si de rien n'était. Il vaut mieux que Sa Seigneurie soit au courant de tout.

– Non, je vous en prie, suppliait Markham.

– Laissez-nous, dit-elle d'un ton ferme. Je préfère parler à Sa Seigneurie seule à seul.

Markham continuait à protester mais, en désespoir de cause, il eut simplement un geste d'impuissance et quitta la pièce.

La porte ne s'était pas plutôt refermée qu'Ivana prit la place de Markham, face au marquis, de l'autre côté du bureau.

– Vous semblez faire votre affaire de mes domestiques, Mrs Wadebridge, lui dit le marquis d'un ton glacé. Mais je suis prêt à écouter votre version des faits. Il se passe à Heathcliffe des choses étonnantes depuis quelque temps. (Il continuait à consulter le registre. Puis, s'apercevant qu'Ivana cherchait ses mots, il passa à l'attaque :) Et d'abord, que faites-vous ici? Voilà une façon bien étrange de s'introduire chez moi.

– Je suis venue voir Travers, répondit-elle. On m'avait dit que vous aviez emporté le livre de comptes dans la bibliothèque.

– On vous avait dit? (Il soulignait à dessein sa stupéfaction.) Tout ce qui se passe ici doit-il donc parvenir à vos oreilles?

– Oui, pour une grande part.

Le marquis eut une exclamation exaspérée et se carra dans son fauteuil.

– Je vous écoute, dit-il, et comme je l'ai déjà dit à Markham, je veux toute la vérité.

Ivana poussa un léger soupir.

– Quand vous êtes arrivé à l'improviste, je m'étais déjà rendu compte que la situation n'était pas tenable.

– Il est de toute évidence infiniment regrettable que j'aie pu concevoir l'idée de me rendre dans ma propre demeure, dit le marquis d'un ton sarcastique.

– Pour nous, oui.

– Nous?

– Nanny, Marky, Travers, et naturellement les hommes que nous cherchons à aider.

Le marquis pinça les lèvres :

– Je ne serais pas fâché, en effet, que vous puissiez me parler un peu d'eux, dit-il. Ce sont des marins, j'imagine.

– Evidemment.

– Serait-ce un effet de votre bonté de vouloir bien commencer par le commencement?

Puis, tenant à lui signifier qu'il entendait, en

parfait gentilhomme, rester courtois au plus fort de sa colère, il grommela à contrecœur :

– Mais asseyez-vous.

– Non, merci, répondit Ivana. Je préfère rester debout. Je sais très bien, milord, que vous devez me juger très mal.

Le marquis ne répondit pas.

Son regard était implacable et bien qu'il consentît à l'écouter, car il voulait savoir comment il avait pu être joué et ridiculisé par ses propres domestiques, la situation lui déplaisait profondément et il était bien décidé à ne rien pardonner à ceux qu'il considérait désormais comme de vulgaires malfaiteurs.

Comme si elle avait pu lire en lui, Ivana reprit :

– Vous avez sans doute raison. Il me faut probablement commencer par le commencement.

– J'imaginais que cela tombait sous le sens, dit le marquis froidement.

– Tout a commencé il y a trois ans, après la campagne d'Egypte, quand le bateau de mon frère Charles est rentré.

– C'est en Egypte, je crois, que votre père a trouvé la mort.

– Oui. Charles était aspirant de marine et lui est revenu. (Ivana s'interrompit. Le marquis crut voir qu'elle avait les larmes aux yeux. Elle poursuivit avec un sanglot dans la voix :) Mon frère m'a raconté la mort courageuse de notre père. Charles avait amené avec lui un homme d'équipage gravement blessé. Dans certaine circonstance, ce marin lui avait sauvé la vie, après quoi il avait été atteint d'une méchante blessure. (Ivana marqua une pause puis elle ajouta :) Vous n'ignorez pas, monsieur, que dans ce pays scandaleusement ingrat, rien n'est prévu pour ceux qui ont été blessés lors de combats navals. Ils sont purement et simplement rayés des rôles et renvoyés dans leurs foyers. Des milliers d'entre eux en sont réduits à la charité publique ou n'ont pas d'autre issue que de voler.

– Nous savons tout cela, répondit le marquis, et effectivement, je considère que c'est un scandale, mais je ne vois vraiment pas ce que je pourrais y faire.

– A la vérité, votre attitude ne me surprend pas, et c'est pourquoi je me suis senti le droit de... (Elle s'interrompit à nouveau et poursuivit :) Mais je ferais mieux de m'en tenir à mon récit.

– Cela serait certainement la sagesse, plutôt que de vous perdre en considérations indignées qui ne nous mèneront nulle part.

Il vit un éclair de colère passer dans les yeux de la jeune femme.

– Nanny et moi avons donc soigné Georges et l'avons rendu à la vie, mais il restera infirme. C'est sans espoir.

– Il s'agit sans doute de l'homme à la jambe de bois?

– Ainsi, vous aviez remarqué la jambe de bois?

– J'ai remarqué beaucoup de choses.

– J'avais donc raison de craindre que vous ne cherchiez à savoir à qui elle appartenait.

– Si vous ne m'aviez pas menti en racontant que vous et votre nourrice viviez seules au manoir, je n'aurais pas cherché à en savoir davantage. Je suis d'ailleurs persuadé qu'en réalité, l'homme dort dans la grange.

– Qu'est-ce qui vous fait penser cela?

– Quand nous sommes repartis après vous avoir reconduite le soir où vous êtes venue dîner, j'ai vu une lumière à la fenêtre de la grange.

– Négligence fâcheuse, dit Ivana, mais je ne pouvais prévoir que vous me raccompagneriez.

– Bien entendu! Mais, quand on vit dans le mensonge, il faut prendre toutes ses précautions.

Le ton était cinglant. Ivana poursuivit :

– Georges a commencé à se rétablir. Nanny et moi étions fières de ce que nous avions pu faire pour lui et, un beau jour, nous sommes allées faire des emplettes à Brighton. J'ai vu, là, deux marins qui demandaient la charité aux élégantes et aux beaux messieurs qui se pavanaient de long en large sur la Steine, arborant leurs bijoux. (Il y avait dans sa voix une note de mépris tandis qu'elle poursuivait :) Ces misérables n'avaient que la peau sur les os et il aurait fallu être aveugle pour ne pas voir qu'ils étaient à moitié morts de faim. Personne ne s'arrêtait pour les secourir, personne ne leur aurait donné quatre sous, alors que tous les soirs, au Pavillon Royal, des centaines de livres s'amoncellent sur les tapis des tables de jeu.

– Si je comprends bien, vous les avez emmenés avec vous au manoir, dit le marquis.

– Evidemment. Est-il pensable que les gens de ce pays puissent laisser dans cet état des hommes qui étaient prêts à donner leur vie pour préserver nos libertés et nous garder de Bonaparte ?

Ivana lui crachait presque les mots à la figure, mais le marquis répondit d'une voix calme et indifférente :

– Reprenez votre histoire.

– Je suppose qu'ils se sont tous donné le mot, reprit-elle. Toujours est-il que d'autres sont venus nous demander de l'aide, et encore d'autres... Il était impossible de les renvoyer.

Elle regarda le marquis comme si elle en appelait à lui, mais il marqua simplement une pause avant de dire :

– Alors j'imagine que vous vous êtes trouvée à court d'argent.

Ivana acquiesça.

– J'ai vendu tous les bijoux que m'avait laissés ma

mère, et j'ai dépensé le petit pécule que je recevais de Charles, jusqu'au dernier sou. Je n'ai pas pu vendre les meubles car ils appartiennent à Charles.

– Ainsi, en lieu et place, avez-vous appelé Markham à la rescousse?

– Markham avait toujours eu pour mon père une admiration éperdue et, quand papa est mort, il a été presque aussi bouleversé que moi. Lui, il savait qu'en aidant ces marins, j'accomplissais un acte que mon père aurait approuvé.

– C'est à ce moment-là qu'il s'est mis à trafiquer les livres de comptes, martela férocement le marquis.

– Ce n'est pas exactement comme cela que les choses se sont passées. D'abord, les valets sont partis un par un et il a commencé par ne pas les remplacer. Il me remettait l'argent qu'il recevait de vous pour les gages.

– Et cela ne suffisait pas?

– Jusqu'à il y a environ un an, nous nous en sortions à peu près. Mais il furent de plus en plus nombreux à affluer pour que nous les aidions. D'abord, j'ai bien essayé d'être ferme et de les renvoyer, mais je ne pouvais supporter l'idée de les voir ainsi abandonnés de tous et leur manière de répondre simplement : « Je comprends, madame, je m'arrangerai autrement », sans essayer de me fléchir, me déchirait le cœur. (Sa voix se brisa. Elle ajouta :) Je savais qu'ils ne pourraient réchapper de leurs blessures, gagnées par la gangrène. Beaucoup d'entre eux avaient perdu un bras ou une jambe, certains même ne pouvaient plus mettre une idée devant l'autre... ils étaient... à moitié hébétés... après toutes ces horreurs qu'ils avaient dû traverser.

– Et alors, qu'avez-vous fait? demanda le marquis.

Il connaissait déjà la réponse.
– J'ai vendu une tabatière.
Il y eut un silence. Le marquis fixait Ivana. Elle semblait incapable de poursuivre son récit.
Avec effort, elle parvint à articuler :
– Oh, ce n'était pas une des plus belles. En fait, je la trouvais assez vilaine. Mais le courtier qui m'avait acheté les bijoux de ma mère m'en donna une somme dont le montant me surprit.
Le marquis revit en pensée la boîte de Peregrine Percival.
– Une tabatière ne vous a pas suffi. Alors, vous avez continué à voler.
– Ou...i, dit Ivana. J'en ai d'abord pris une... puis une autre... Marky ne s'en doutait absolument pas.
Elle eut un petit geste d'impuissance.
– Je ne prenais jamais les plus belles. Je choisissais toujours celles dont la disparition n'aurait pu, à mon sens, vous affecter grandement – pour autant que vous auriez pu vous en apercevoir, ce qui était peu probable : vous ne veniez jamais.
– Vous êtes trop bonne! Je vous rends mille grâces de vous être tant souciée de moi, dans l'accomplissement d'un acte aussi extraordinairement condamnable, dit cyniquement le marquis.
– Je savais tout ce que ces tabatières représentaient pour votre père. Marky m'en avait parlé. Mais des choses tellement plus importantes vous sollicitent sans cesse : je ne pensais pas que vous pourriez avoir du regret pour ce dont vous étiez visiblement si peu préoccupé.
– Supposition pour le moins hardie! coupa sèchement le marquis.
– Oui, je m'en rends compte depuis que vous êtes là. Je vous ai vu vous intéresser de si près à la peinture! Mais, sur le moment, j'ai pensé que les

égards dus à un lointain propriétaire devaient moins peser dans la balance que la guerre et ses combattants.

Ivana prononça ces paroles comme on lance un défi et, lorsque son regard rencontra celui du marquis, ce fut comme s'ils croisaient le fer.

– Continuez, ordonna le marquis d'un ton impérieux. A quel moment Bateman intervient-il dans toute cette affaire ?

– Bateman avait très mal accepté de rester sans valets, répondit Ivana, mais en fait, s'il était incapable de mener sa tâche à bien, c'est qu'il pouvait disposer à sa guise de la clef du cellier et qu'il passait son temps à boire. La moitié du temps, il était dans un tel état d'hébétement qu'il ne pouvait plus faire le moindre geste.

– Markham aurait dû me le signaler, dit le marquis, exaspéré.

– Il le souhaitait, mais je l'ai persuadé de n'en rien faire, répondit Ivana, car nous avions besoin de l'argent. Alors, j'ai envoyé Travers au château, régulièrement, pour nettoyer et faire de l'ordre.

– Travers était à votre service ?

– Oui, il était venu me voir de la part de Charles. Ses blessures étaient légères, mais il ne pouvait plus envisager d'embarquer avant six mois et, avant qu'il soit suffisamment rétabli, la paix a été signée. Il m'était alors devenu absolument indispensable.

– Pour quelle raison ?

– Comme vous le savez, les marins ont été rendus à la vie civile par milliers. Dans les autres régions de la côte, c'était d'ailleurs pire qu'ici mais, en tout état de cause, ils étaient trop nombreux pour que je puisse faire face à la dépense.

– A la dépense ? Comment cela ? demanda le marquis.

– La plupart de ces hommes avaient une famille,

une maison et souhaitaient rentrer chez eux, ou du moins retourner dans leur ville d'origine où ils avaient davantage de chances de recevoir une aide. Mais ils n'avaient aucun argent pour le voyage.

– Vous n'allez tout de même pas me dire que vous leur avez distribué de l'argent dans ce but?

– Comme vous pouvez l'imaginer, les ports où ils ont débarqué grouillaient de mégères de tout acabit, d'escrocs et de tire-laine, qui les attendaient pour les délester immédiatement de tout ce qu'ils possédaient. Après deux nuits passées à terre, la plupart d'entre eux étaient absolument sans un sou.

– Ils n'avaient à s'en prendre qu'à eux-mêmes, rétorqua le marquis.

Ivana le regarda et, par contraste, à cet instant il eut la vision soudaine du visage de lady Rose, tel qu'il l'avait vu à son réveil.

– Continuez, dit-il avec brusquerie.

– Travers faisait le tri pour moi. Il me désignait les hommes qui valaient vraiment la peine qu'on les aide, dit Ivana, et nous leur donnions l'argent nécessaire pour leur permettre de rentrer chez eux et de se nourrir en chemin. Il renvoyait les garnements et les chapardeurs, ce que j'aurais été parfaitement incapable de faire.

– Ainsi, Travers était réellement à votre service?

– Oui, admit Ivana, mais quand nous avons appris que vous étiez de retour, je l'ai envoyé sur-le-champ au château avec les quatre hommes les plus capables que nous avions sous la main.

Le marquis repensa au dîner du premier soir, aux quatre lourdauds dans leur livrée qui leur allait si mal. Il se ressouvint de Travers, qui avait paru assurer tout le service...

– Je présume que Travers était homme d'équipage sur le bateau de votre frère, dit-il.

– Il était le domestique personnel de l'amiral (1).

« Je l'aurais parié », pensa le marquis.

– En fait, j'ai pressenti qu'il se passait quelque chose ici avant même d'arriver, dit-il à voix haute. A Veryan, un de mes invités avait en sa possession une tabatière dont j'étais persuadé qu'elle avait appartenu à mon père. Elle était ornée d'une plaque de joaillerie figurant un vaisseau de ligne sur une mer d'émeraudes.

– Celle-là, je savais que vous vous en souviendriez.

– Encore une fois, je suppose que je dois vous être reconnaissant d'avoir eu pour moi une pensée, ironisa le marquis. Permettez-moi tout de même de vous préciser qu'à mon arrivée, quand j'ai vu le cabinet en marqueterie presque vide, j'ai tout de suite compris qu'il manquait des tabatières...

– J'espérais que vous ne vous en seriez aperçu qu'après l'attaque au cours de laquelle je vous ai dévalisé puis dépouillé...

Le marquis la regarda, abasourdi.

– Dieu du ciel, s'exclama-t-il. Ainsi, le chef des voleurs, c'était vous...!

Ivana hocha la tête.

– Je ne voulais pas que vous vous aperceviez de l'absence des tabatières. C'est le seul moyen que j'aie pu trouver!

– Alors, c'était bien tout ce qui restait? s'enquit le marquis. Je pensais que peut-être certaines d'entre elles avaient été mises au coffre.

– Je comptais fermement que vous penseriez cela, répliqua Ivana. C'est pourquoi j'avais fait pas-

(1) Voir la note de l'auteur en tête de volume. (N.d.T.)

ser un de mes hommes par les cuisines et par l'office.

– Vous semblez véritablement penser à tout. Il est à peine croyable que vous ayez pu jouer si parfaitement ce rôle d'homme, bien que j'aie effectivement soupçonné quelque chose de ce genre, après vous avoir entendue dire que vous aviez le don d'imitation.

– Oui. Ce fut une autre erreur d'appeler les perruches, soupira Ivana, mais vous ne cessiez de poser des questions sur la Grange-aux-Dîmes et j'avais si peur que vous insistiez pour aller y voir...

– Il y avait donc quelque chose à voir? demanda le marquis.

– Aujourd'hui cette grange n'héberge plus que cinq blessés, répondit Ivana, mais ce soir-là, il y en avait bien dix de plus, que nous nous apprêtions à expédier aux quatre coins de l'Angleterre le lendemain.

– Vous organisiez véritablement les choses sur un grand pied – avec mon argent, bien entendu, nota le marquis d'un ton grinçant.

– Je suis... désolée, mais je peux vous rendre les tabatières qui restent et, bien sûr, votre montre et le surtout d'orfèvrerie.

– Par curiosité, pourquoi avez-vous également pris ce bateau d'or?

– Je pensais que vous trouveriez étrange qu'un bandit pût laisser sur la table un objet d'aussi grand prix. Mais je vous jure que jamais je ne l'aurais vendu. Plus que tout autre objet d'art, il me semble faire partie des murs de Heathcliffe, il en est comme l'emblème.

– Tout cela semble très convaincant, Mrs Wadebridge, dit le marquis d'un air sarcastique. Mais je suis persuadé que, si je n'étais pas revenu, il ne serait bientôt plus rien resté du château. Et les tableaux et les meubles, vous n'y avez pas pensé, pendant que vous y étiez?

– Il ne sert à rien que je tente de me justifier, répondit Ivana. Je comprends votre colère, mais j'avais la conviction que ce que je faisais était bel et bon.

– Bel et bon? Et pour qui?

– Pour l'Angleterre!

– Votre notion de la justice m'a tout l'air d'être un peu confuse, j'oserais même dire tordue, dit le marquis. Mais peut-être vous prenez-vous pour un Robin des Bois d'un nouveau genre, dépouillant le riche pour voler au secours du pauvre?

Il parlait avec un tel mépris qu'Ivana sentit la rage la submerger.

– Peut-être est-ce, en effet, une excellente comparaison, milord, répliqua-t-elle, mais il serait plus juste de dire que je dépouillais le richissime seigneur du lieu pour des gens prêts à donner leur vie pour que *sa* fortune n'aille pas aux mains des Français.

« Touché », songea le marquis. Il rétorqua :

– Vous ne vous attendez tout de même pas que je vous félicite de vos méthodes, quelles que soient les belles paroles dont vous les enrobez.

– Je n'ai que faire de votre approbation, dit Ivana. Je veux seulement que vous compreniez que tout ce qui est arrivé est de mon fait et uniquement de mon fait.

– Markham est régisseur chez moi et, en tant que tel, c'est à moi qu'il doit rester loyal, à moi, tant qu'il est à mon service.

– Voilà tout ce qui vous importe! s'exclama Ivana. Il avait pour mon père une affection profonde. Peut-être a-t-il fermé les yeux quand nous avons donné l'argent aux marins mais vous, vous payez vos domestiques à ne rien faire. D'ailleurs, jusqu'à ces derniers temps, il ignorait que je volais les tabatières.

– Et quand il l'a su?

– Cela lui a fait un choc... un grand choc, mais dès qu'il a vu tous ces hommes souffrants, que j'essayais d'aider, il a compris que, sans argent, nous ne pourrions payer les remèdes et la nourriture nécessaires et qu'ils iraient bientôt rejoindre ceux que... nous avions dû enterrer au cimetière du village... (Ivana poursuivit avec un frémissement dans la voix :) L'an dernier, quatre sont morts, et trois l'année d'avant. Nanny et moi avons fait l'impossible, mais ils étaient dans un état désespéré... ils avaient tous... de si mauvaises blessures.

Le marquis jeta un coup d'œil au registre.

– Vous avez fort habilement plaidé votre cause, Mrs Wadebridge, dit-il, mais je suis loin d'être satisfait de la façon dont Markham s'est conduit en l'occurrence.

– Mais je vous ai expliqué...

– Je sais, interrompit le marquis, mais je vous l'ai déjà dit, Markham est mon régisseur. J'avais mis en lui ma confiance et il m'a trahi, ce que je ne saurais tolérer.

Ivana s'approcha du bureau et s'écria :

– Vous ne voulez pas dire que... Vous n'allez pas... le renvoyer?

– Je ne vois pas d'autre solution.

– Vous ne pouvez pas faire cela! Il est chez vous depuis si longtemps. Toute sa vie est ici. Il aime Heathcliffe. Il se ferait tuer... pour... cette maison et... pour votre famille.

– Il travaille pour moi. Il n'avait qu'à se conduire honnêtement.

– Il est impossible que vous puissiez être si... cruel... si dur, dit Ivana. S'il doit partir, il en mourra.

Et d'ailleurs... où irait-il? Il n'a pas un sou de côté.

– Je suppose qu'il vous a lui aussi donné toutes ses économies?

– J'ai essayé par tous les moyens de l'en dissuader, mais il est si généreux. Il donnait souvent quelque chose aux hommes... derrière mon dos.

– C'est entièrement son affaire, dit le marquis.

Il n'y avait pas trace d'apitoiement sur son visage.

– Que puis-je faire pour vous fléchir? demanda-t-elle. Que puis-je dire pour vous convaincre que Marky ne doit pas pâtir de tout cela? (Elle s'appuyait maintenant au bureau.) Ecoutez-moi... milord... Je vous en prie... écoutez-moi. (Le marquis leva les yeux.) Je ferai... tout ce que vous voudrez. Vous pouvez me punir... de la façon qu'il vous plaira... m'envoyer en prison si vous le désirez, je ne me plaindrai pas. Mais je ne veux pas que Marky paye pour... mes fautes.

– Vos fautes sont une tout autre affaire, Mrs Wadebridge, dit le marquis, et comme vous le soulignez très justement, la punition qui vous attend est très claire.

Ivana eut un haut-le-corps.

– Vous voulez dire... la prison?

– Vous n'êtes pas sans savoir que quiconque se rend coupable du vol de plus d'un shilling est passible de la pendaison.

Ivana ne fit pas un geste. Ses yeux parurent s'agrandir démesurément.

– Et vous comptez bien... que cela m'arrive? murmura-t-elle après un instant de silence. (Le marquis ne répondit rien et elle reprit fièrement :) Je n'ai rien à dire pour ma défense. Mais si je dois mourir, je veux que vous absolviez Marky pour la part qu'il a prise dans mes actions et que vous preniez soin de ma vieille Nanny... parce qu'elle aussi a... donné toutes ses économies.

– Voyez-vous la moindre raison pour que je fasse cela après les malversations dont j'ai été l'objet?

– Cela ne signifie-t-il rien pour vous que vos biens aient permis, même à votre insu, de sauver la vie d'une cinquantaine d'hommes et d'en soustraire un plus grand nombre encore à une existence criminelle?

– Vous êtes vraiment très éloquente quand il s'agit de sauver votre peau!

– Je vous l'ai dit, mon sort m'importe peu, rétorqua Ivana. Mais si vous épargnez Marky, je ferai tout... tout ce que vous demanderez.

– Tout? répéta le marquis avec une grimace.

– Cela est vrai, je vous le jure... sur tout ce que j'ai... de plus sacré.

– Très bien... commença le marquis.

Il se disposait à poursuivre, mais à ce moment précis, la porte de la bibliothèque s'ouvrit et Anthony entra précipitamment.

– Attention, Justin, dit-il à voix basse.

Et, tandis que le marquis le dévisageait, stupéfait, il crut avoir une vision : lady Rose entrait.

Elle était vêtue d'une de ces robes de mousseline mouillée chères aux élégantes du temps; le tissu, épousant les courbes du corps, suggérait la nudité.

Comme pour se faire pardonner une tenue si légère, elle était coiffée d'une capeline à brides à bord immense relevé sur le front, dont la calotte, démesurément haute, s'ornait d'un amoncellement de plumes d'autruche roses.

Elle portait un collier de turquoises et de diamants et, sous sa blonde chevelure, des pierres assorties étincelaient à ses oreilles finement ourlées.

Elle était éblouissante et d'une beauté à couper le souffle.

Elle se tint un moment dans l'encadrement de la porte comme pour donner le temps au marquis de l'admirer. Puis, avec un petit cri de plaisir, elle courut à lui :

– Justin, mon cher amour, je vous retrouve enfin! s'exclama-t-elle. Comment avez-vous pu me quitter de si cruelle façon? J'ai été absolument bouleversée, me demandant où vous pouviez être, puis...

– C'est moi qui lui ai suggéré que vous vous cachiez ici, annonça une voix profonde, ample et bien timbrée. Et sur les pas de lady Rose, le prince de Galles fit son entrée.

Il était de toute évidence dans un de ses meilleurs jours.

Ivana, qui le voyait pour la première fois, détaillait avec une curiosité non déguisée ses yeux malicieux et ses lèvres boudeuses.

Il était de haute taille et corpulent. Ses vêtements étaient coupés à la perfection et il portait une énorme cravate blanche aux plis innombrables dont son menton avait quelque peine à émerger.

L'homme était infiniment élégant, et son incomparable présence aurait pu faire reconnaître ses origines royales au milieu d'une foule anonyme.

Le marquis, qui s'était immédiatement levé à l'entrée de lady Rose, alla vivement à la rencontre du prince. Il s'inclina et prit la main que celui-ci lui tendait.

– C'est une immense surprise, sire!

– Je le pensais bien, dit le prince avec un petit rire étouffé. Mais lorsque lady Rose est venue pleurer sur mon épaule et m'a dit que vous restiez introuvable, j'ai pensé que vous étiez allé traquer le renard jusque dans son terrier.

– Vous ne croyiez pas si bien dire, sire, dit le marquis.

– Et, cher Justin, s'écria lady Rose qui paraissait bien décidée à ne pas être en reste, j'ai confié à Son Altesse notre petit secret.

Le marquis se figea sur place.

– Notre secret? s'enquit-il.

– Bien sûr, cher amour. Je savais que vous préféreriez le lui annoncer vous-même, mais je n'ai pu m'en empêcher. J'étais si malheureuse!

– Justin, je vous félicite! dit le prince. Je vous félicite très sincèrement. Non content d'avoir les plus beaux chevaux de toute l'Angleterre, vous aurez maintenant l'épouse la plus ravissante.

Un instant, le marquis parut abasourdi. Puis une fureur soudaine le submergea. Il se sentait prêt à exploser.

Rose avait gagné. Rose l'avait eu comme elle avait voulu, et il n'y pouvait plus rien. Elle l'avait épinglé; il était tombé dans le panneau, pris au piège, acculé au mariage sans espoir de retour par cette femme qui s'était montrée plus intelligente que lui.

Un mouvement derrière son dos lui rappela la présence d'Ivana qui, sans attirer l'attention, avait réussi à reculer jusqu'à la fenêtre et se disposait à l'évidence à quitter la place par le même chemin qu'elle avait emprunté pour y pénétrer.

C'est alors qu'une idée vint au marquis; une idée qui semblait la suite naturelle des paroles qu'elle avait eues tout à l'heure en désespoir de cause. Ne lui avait-elle pas juré sur tout ce qu'elle avait de plus sacré qu'elle ferait tout ce qu'il exigerait d'elle?

Il y avait une légère note de triomphe dans la voix du marquis lorsqu'il s'écria :

– Un instant! Je crains qu'il n'y ait un malentendu! Mais du diable si je parviens à comprendre comment il a pu se produire!

– Un malentendu? interrogea lady Rose.

Il y avait dans son regard une lueur de méfiance rusée qui confirmait que ses effusions de l'instant précédent, dont le marquis n'avait pas été dupe, avaient eu pour but unique de lui signifier qu'il ne lui échapperait pas.

– Sans aucun doute! dit le marquis.

Il s'avança vers Ivana et la prit par la main; il l'entraîna vers le prince.

– Puis-je, sire, demanda-t-il, vous présenter ma femme, qui n'est autre que la fille de feu le capitaine Wadebridge, mort en héros à la bataille d'Alexandrie?

En prononçant ces mots, le marquis pressait avec insistance la main d'Ivana, lui signifiant silencieusement ce qu'il attendait d'elle.

Toute l'assistance se figea dans une immobilité de glace. Puis le prince de Galles eut un rire libérateur et s'écria :

– Vous me surprendrez toujours, Justin! C'est une des choses que j'apprécie d'ailleurs le plus en vous. Je n'aurais toutefois jamais imaginé que vous nous feriez la surprise d'un mariage secret (1)! Mais, bien sûr, je vous en félicite de tout cœur et je souhaite à votre épouse tout le bonheur du monde.

Il prit la main d'Ivana, tandis qu'elle se relevait d'une profonde révérence, et dit en la dévisageant :

– Maintenant que je vous regarde, je comprends

(1) Comme on le verra (note p. 142) le prince de Galles lui-même avait contracté lui aussi un mariage secret dix-sept ans auparavant. En 1802, il était donc doublement marié.

que notre insaisissable marquis ait pu se persuader de remettre son cœur entre vos mains.

Le prince, avec cette grâce et ce charme auxquels il était impossible de résister, porta à ses lèvres la main d'Ivana.

A ce geste, lady Rose sembla brutalement sortir de l'apathie où la nouvelle l'avait plongée.

– Je n'en crois pas un mot! C'est impossible! dit-elle au marquis. Comment auriez-vous pu vous marier en si peu de temps et sans avertir personne?

– J'avais avec moi mon meilleur ami, dit le marquis, un sourire aux lèvres. (Il désignait Anthony.)

Mais lady Rose cherchait à voir la main d'Ivana. En apercevant l'alliance qui était à son doigt, elle émit d'une voix sifflante :

– Je ne vous pardonnerai jamais, Justin! dit-elle. Jamais! Je vous revaudrai cela.

Anthony pensa qu'il fallait faire quelque chose, et il s'approcha d'elle :

– Allons faire un tour dans le parc, Rose, lui dit-il, je veux vous parler.

Il l'entraînait vers la terrasse d'une main ferme. A regret, elle obtempéra. Bientôt on entendit la voix chagrine s'éloigner dans le parc.

– Puis-je vous proposer quelque rafraîchissement, sire? demanda le marquis.

– Un peu de champagne ne nous fera pas de mal après toutes ces émotions, répondit le prince. Au moins, avec vous, Justin, les choses ne risquent pas d'être monotones.

Travers, devançant les désirs de son maître, apportait déjà un cabaret d'ébène garni de verres et d'un choix de vins.

Le prince paraissait dans des dispositions extraordinairement joviales. Il s'installa sur le sofa et voulut à toute force qu'Ivana vienne s'asseoir à côté de lui.

– Maintenant, parlez-moi de vous, ma chère, dit-il. Mme Fitz-Herbert (1) voudra absolument, je le sais, tout connaître de votre mariage avec l'un de mes amis les plus chers!

– C'est un tel privilège pour moi de rencontrer Votre Altesse, répondit Ivana, que je peux difficilement penser à autre chose.

Le prince était aux anges. S'il y avait une chose dont il se régalait, c'était d'être encensé par une jolie femme.

– Je ne pense pas que nous nous soyons déjà rencontrés, car je me serais souvenu de vous, dit-il.

– J'ai tant entendu parler de vous, sire. J'ai toujours vécu si près de Brighton, dit Ivana, et je sais que vous avez fait beaucoup pour la ville qui est aujourd'hui la villégiature la plus en vogue. Tout le monde parle des splendeurs du Pavillon Royal.

– Personne n'en est plus enchanté que moi-même, dit le prince. Après votre lune de miel, pourquoi ne pas demander à Justin de vous y emmener?

– C'est extrêmement aimable à vous, sire, dit le marquis, mais je pense qu'il serait sage d'attendre pour cela que lady Rose ait quitté Brighton.

(1) A l'âge de vingt ans, en 1785, le prince de Galles avait épousé secrètement une catholique de neuf ans plus âgée, Mrs Fitz-Herbert. Ils vécurent neuf ans ensemble. Le mariage ne fut pas reconnu car le Royal Mariage Act imposait aux membres de la famille royale d'obtenir le consentement de la couronne. Rupture en 1796 de la relation avec Mrs Fitz-Herbert. Le futur George IV se laisse convaincre d'épouser Caroline de Brunswick. Mais la liaison avec Mrs Fitz-Herbert reprend. Il vivra avec elle encore six ans, jusqu'en 1802. L'année où se passe le roman est donc la dernière de leur vie commune. Le prince nia toujours le mariage secret mais, à sa mort, on trouva à son cou un médaillon renfermant une miniature de Mrs Fitz-Herbert.

Le prince rejeta la tête en arrière et se mit à rire.

– Assurément, vous lui avez causé un choc. C'est ma faute, je n'aurais sans doute pas dû lui suggérer que vous pouviez vous cacher ici. (Il eut un rire étouffé et reprit :) A dire vrai, Justin, ce n'est qu'après avoir été assez indiscret pour lui révéler que vous aviez une maison dans les parages que l'idée m'est venue que la personne à qui vous souhaitiez échapper était peut-être précisément... Rose Caterham elle-même.

– Quelle perspicacité, sire! répondit brièvement le marquis.

– Elle me répétait sur un tel ton que vous étiez fiancés! poursuivit le prince comme s'il voulait se justifier. Je dois dire que, maintenant, je redoute quelque peu le voyage de retour.

– Je suis navré, sire, dit le marquis, mais si cela avait été possible, je vous aurais mis dans la confidence.

– J'aurais vivement souhaité que vous l'eussiez fait.

– J'ai le sentiment, sire, qu'avec votre tact et votre diplomatie inégalés, dit le marquis, vous saurez parfaitement aplanir les choses. Quoi qu'il en soit, je peux vous l'assurer, je n'ai jamais eu la moindre intention d'épouser lady Rose.

Le prince était ravi d'avoir été mis dans la confidence, surtout de la part du marquis, dont il connaissait l'extrême discrétion quant à ses affaires de cœur.

– Laissez-moi faire, cher garçon, dit-il. Je vais arranger tout cela.

– Je savais que je pouvais compter sur vous, sire, dit le marquis d'un ton senti qui semblait si sincère qu'Anthony n'aurait pu, s'il avait été présent, s'empêcher d'en sourire.

Le prince accepta une autre coupe de champagne puis il se leva.

– Je dois rentrer, dit-il, Mrs Fitz-Herbert m'attend. Comme vous le savez, il n'y a que deux places dans mon phaéton.

Etant donné la corpulence du prince, c'était certainement vrai.

Le marquis, heureux à l'idée d'être débarrassé de lady Rose et de sa royale escorte, se hâta vers la terrasse et fit signe à Anthony, occupé à écouter le long monologue d'une Rose en fureur.

De retour sur la terrasse, lady Rose passa devant le marquis, la tête haute, sans un mot.

Ils rejoignirent le prince dans la bibliothèque. Celui-ci contemplait les marines qui ornaient les murs de la pièce. Ivana était à ses côtés.

– Votre épouse me remettait en mémoire une bataille à laquelle un de ses ancêtres prit part, dit le prince. Captivant, absolument captivant! J'ai hâte de lui montrer certains des trophées de guerre que je conserve au Pavillon Royal.

– Ce sera un honneur, sire, dit le marquis.

– Et j'espère vivement que vous me convierez à nouveau ici, ajouta le prince, peut-être un jour de la semaine prochaine ou de la semaine d'après, pourrai-je venir avec Mrs Fitz-Herbert?

– Nous serons enchantés de recevoir Votre Altesse, déclara le marquis.

Le prince tendit la main à Ivana.

– Je vous adresse mes meilleurs vœux de bonheur, dit-il. N'en doutez pas, vous êtes la plus ravissante des marquises de Veryan. La galerie du château de Veryan en attestera car votre mari ne manquera pas, je l'espère, de prier un de nos meilleurs artistes de faire votre portrait.

Il baisa la main d'Ivana; le marquis intervint :

– Je voulais justement demander conseil à Votre Altesse à ce sujet.

Mais Rose était déjà sortie de la bibliothèque d'un air dédaigneux.

Le prince lui emboîta le pas, le marquis à ses côtés, tous deux devisant avec animation des mérites comparés des portraitistes en renom, car le futur George IV était un amateur éclairé.

Anthony, resté en arrière avec Ivana, lui glissa à voix basse : « Bien joué ! » avant de rejoindre les autres dans le hall.

Elle s'immobilisa un instant derrière eux et se cacha le visage dans les mains.

Il lui semblait incroyable que tant de choses fussent arrivées si soudainement : elle avait affronté le marquis dans un dramatique tête à tête; il l'avait menacée de la pendaison puis, à l'arrivée de la femme la plus fantastiquement belle de toute la terre, elle l'avait apparemment aidé à éviter des fiançailles forcées.

Il lui semblait extraordinaire qu'on pût ne pas souhaiter se marier avec une femme aussi belle que lady Rose.

Toutefois, le ton vindicatif sur lequel cette dernière s'était adressée au marquis ne lui avait pas échappé, non plus que la façon qu'elle avait eue, tout à l'heure, de l'ignorer superbement.

Il n'avait pu se tirer de cette situation épineuse que par un mensonge. Mais que ferait-il quand on le sommerait de produire son épouse... qui n'existait pas ?

Pour l'instant, la meilleure solution était de rentrer au manoir.

Elle craignait fort qu'il ne renvoie le régisseur comme il l'en avait menacée. Puis elle se rassura. Quel que fût son courroux envers elle, elle avait peut-être tout de même arrangé les choses pour Markham.

Compte tenu des nouvelles circonstances, elle ne pouvait imaginer qu'il pourrait être assez injuste pour le renvoyer purement et simplement sans en reparler avec elle.

« Il ne faut pas qu'il puisse reprendre cette discussion maintenant », songea-t-elle, prise d'une terreur soudaine.

Et, entendant un bruit de voix, elle disparut par la fenêtre, puis courut en direction des écuries où elle avait remisé l'attelage à poney.

Revenu dans la bibliothèque, le marquis fut très surpris de ne pas y trouver Ivana.

Il se dirigea vers la petite table et se remplit une coupe de champagne.

Anthony eut tôt fait de le rejoindre et referma la porte.

– Pouvez-vous m'expliquer ce que tout cela signifie? demanda-t-il. J'ai bien vu que vous vous étiez tiré d'affaire grâce à Ivana, mais que faisait-elle ici?

– Elle était venue m'expliquer ce qui se tramait, dit le marquis avec une pointe de satisfaction dans la voix, et maintenant je connais toute l'histoire. Un vrai mélodrame en droite ligne de Drury Lane.

Anthony se servit lui aussi une coupe de champagne.

– Si vous aviez pu entendre les extravagances furibondes de Rose, vous vous méfieriez désormais des coins sombres de peur de vous voir planter un poignard dans le dos! s'exclama-t-il.

– Je suis assez content de m'être tiré de ses filets, répondit le marquis. Mais quand je l'ai vue arriver, j'ai vraiment cru que j'étais perdu.

– J'ai pensé que vous l'étiez en effet, dit Anthony,

mais que va dire Ivana? Cela a dû être plus qu'une surprise pour elle!

– Pour éviter à Markham d'être renvoyé, elle avait juré de faire tout ce j'exigerais d'elle, répondit le marquis.

– Vous n'êtes pas en train de me dire que je vous dois les cinquante guinées du pari? s'inquiéta Anthony.

– Eh bien, si! répondit le marquis. Le voleur, c'était bien elle, et elle avait fait main basse sur les tabatières bien avant notre arrivée. Elle n'avait imaginé cette attaque en règle que pour sauver Markham des sinistres conséquences de sa désastreuse collaboration.

– Si vous croyez que je comprends un traître mot à ce que vous êtes en train de me raconter, dit Anthony. Vous pourriez peut-être commencer par le commencement?

Le marquis s'installa sur le sofa et rapporta à Anthony le récit d'Ivana.

Quand il eut terminé, Anthony dit :

– C'est l'histoire la plus belle et la plus généreuse qui se puisse concevoir! On devrait la décorer. Les gens prendraient conscience de la façon criminelle dont nos gouvernants traitent les blessés de guerre.

– Tout cela est bel et bon, fit observer le marquis, mais ces largesses, c'est moi qui en ai fait les frais.

– Vous en avez les moyens! Ciel! Quelle femme! Vous imaginez-vous Rose ou Lucy ou n'importe laquelle de ces têtes de linottes recueillant sur le pas de leur porte des hommes mourant de faim, et se mettant à panser leurs blessures? (Il se mit à rire et ajouta :) Il leur suffit de se piquer le doigt pour tomber en syncope. J'espère, Justin, que vous avez assuré Ivana de votre admiration sans réserve!

– Je lui ai dit que j'hésitais à la faire pendre.
– Quoi? s'écria Anthony. (Puis il ajouta :) C'est sûrement une plaisanterie.
– Non, c'est exactement ce que je lui ai dit.
– Mais pourquoi?
– Je pensais que cela ne lui ferait pas de mal d'être un peu terrorisée en pensant aux conséquences de ses actes.
– Voulez-vous dire que vous l'avez laissée rentrer chez elle avec la peur horrible d'être pendue à un gibet ou d'être emmenée à Tyburn Hill?
– Nous n'avons pas eu le loisir de conclure véritablement cette intéressante conversation.
– Alors, plus vite vous vous précipiterez au manoir pour mettre les choses au clair, mieux cela vaudra.
– Un instant! dit le marquis. Je trouve que vous allez un peu vite! Nous avons tous les deux été ridiculisés par des femmes et, en dernier lieu, par cette Ivana. Cela ne signifie-t-il donc rien pour vous?
– Ecoutez, Justin, cette histoire n'est plus exactement de celles dont on régale le prince de Galles ou que l'on entend raconter chez White, répliqua Anthony. Tout ce que j'ai à dire, c'est que ce Wadebridge est un homme heureux et qu'il possède une femme unique au monde!
Il y eut un silence. Puis le marquis s'écria :
– Mais vous avez raison! Wadebridge! Je l'avais complètement oublié!

6

Le marquis s'interrompit brusquement. Travers entrait dans la pièce avec les journaux.

Il les posa près de la cheminée sur la banquette recouverte de tapisserie, et Anthony s'empara immédiatement du *Times*.

Travers se retira en refermant la porte derrière lui. Le marquis se leva vivement et dit :

– Il faut que je voie Travers.

Il rattrapa le domestique dans le hall.

– Mrs Wadebridge, il y a un moment, m'a dit qu'elle était venue vous voir car quelque chose l'inquiétait. De quoi s'agit-il?

– Milord, si vous m'y autorisez, répondit Travers, j'aimerais aller faire un tour au manoir : des ennuis graves se préparent.

– Des ennuis? Quel genre d'ennuis?

– Mrs Wadebridge m'a dit, milord, que Nanny avait vu un homme caché dans les buissons, qui épiait les allées et venues dans le parc du manoir.

– Quelle raison aurait-il de faire cela? demanda le marquis.

– Il y a bon nombre de rôdeurs par ici, en ce moment. Nanny pense que c'est un voleur qui s'apprête à pénétrer dans la maison; elle a peur d'être attaquée.

Le marquis fronça les sourcils.

– Je vais y aller, dit-il. De toute façon, j'ai à parler à Mrs Wadebridge.

Il se disposait à prévenir Anthony, mais ce dernier, se ravisa-t-il, était beaucoup trop acquis à Ivana. Or, il entendait ne pas ménager à cette dernière son sentiment sur ses agissements.

En jetant un coup d'œil par la grande porte, il vit deux palefreniers qui s'affairaient auprès des chevaux qu'il avait commandés avant l'arrivée du prince.

Il dit précipitamment à Travers :

– Prévenez sir Anthony et dites-lui que je n'en ai pas pour longtemps.

Il sauta vivement en selle et lança le superbe étalon à fond de train à travers les pelouses du parc.

Maintenant, il mesurait pleinement ce que signifiait d'avoir présenté Ivana Wadebridge au prince comme la marquise de Veryan. Il ne s'était dépêtré d'une intrigue que pour se jeter dans une autre.

La nouvelle de ce mariage allait se répandre comme une traînée de poudre dans le Tout-Brighton. Le prince de Galles adorait avoir la primeur des nouvelles retentissantes, et l'événement était de taille : son ami Justin, l'une des figures les plus brillantes de la *fashion* (1) venait d'épouser dans le plus grand secret une femme dont personne n'avait jamais entendu parler.

Il était presque certain que le prince renchérirait sur la beauté d'Ivana, ne fût-ce que pour piquer la vanité de Rose dont bien des femmes allaient apprécier la déconvenue.

Car, à monopoliser depuis si longtemps tous les

(1) La société élégante; le terme anglais, irremplaçable, était passé dans la langue française. Chateaubriand, Barbey d'Aurevilly l'emploient. (N.d.T)

beaux partis et tous les hommes les plus séduisants, lady Caterham s'était fait bon nombre d'ennemies.

Le marquis était ravi d'être définitivement débarrassé d'elle, mais n'était-il pas tombé de Charybde en Scylla?

Quelle allait être l'attitude d'Ivana? Pour la première fois, il y pensait. D'une certaine façon, il lui devait des excuses même si, de son côté, elle était prête à accepter la conduite du maître de Veryan comme le juste prix à payer pour s'être jouée de lui.

« Que puis-je faire? » ne cessait-il de se répéter.

Le cheval emportait le marquis dans sa course rapide comme si ce galop effréné devait éloigner le cavalier de ses tourments.

Aux portes de Flagstaff, les difficultés qu'il allait affronter lui parurent plus insurmontables encore que tout à l'heure.

A la question de ses propres sentiments à l'égard d'Ivana, s'ajoutait maintenant le souci du mari de cette dernière. De retour chez lui, Mr Wadebridge pourrait bien opposer quelques vigoureuses objections à ce qu'on parle de sa femme comme de l'épouse d'un autre homme.

Le marquis tournait et retournait dans son esprit une foule de questions sans réponse, qui revenaient sans cesse, harcelantes.

Il mit pied à terre devant la porte du manoir. La seule solution était de discuter posément et tranquillement de ces choses avec Ivana. Elle trouverait peut-être une solution.

Aujourd'hui, personne n'était là pour prendre la bride du cheval. Il attacha l'étalon, tout en espérant qu'il n'irait pas s'entortiller. Mais l'animal semblait calme et se mit à brouter.

La porte était ouverte. Il ne s'embarrassa pas de frapper comme il l'avait fait la fois précédente. La maison semblait déserte. Des senteurs de cire d'abeille se mêlaient au parfum des fleurs disposées avec art dans une coupe basse sur une console.

En dehors d'une forme d'activité quelque peu insolite, Ivana savait incontestablement rendre sa maison accueillante.

Soudain, il perçut un bruit de voix venant du cabinet de travail.

Il alla ouvrir la porte de l'étude et s'arrêta sur le seuil, médusé.

Ivana se tenait debout derrière le bureau. Lui faisant face, un homme à la mine patibulaire, vêtu d'un uniforme en loques, la menaçait d'un couteau.

La carriole de campagne remportait Ivana vers le manoir. Secouant les guides sur le dos du poney trop décrépit pour s'émouvoir ou forcer l'allure, Ivana avait l'impression d'avoir pénétré dans un cauchemar dont elle restait désormais prisonnière.

Elle ne parvenait pas à croire à la réalité de ce qu'elle venait de vivre : le marquis l'avait menacée de la potence, et il allait renvoyer Marky après trente-cinq ans de bons et loyaux services.

Il l'avait présentée au prince de Galles comme la nouvelle marquise de Veryan, et elle avait été dans l'incapacité de dire un mot ou d'esquisser un geste pour démentir cette absurdité.

« Et maintenant ? » se demandait-elle. Comment le marquis allait-il avouer au prince ce pseudo-mariage qui avait paru si convaincant à tout le monde ?

Il paraissait extraordinaire à Ivana que le marquis refusât d'épouser la très belle lady Rose, mais qu'il ait démenti ces fiançailles en s'inventant sur-le-champ une épouse lui paraissait proprement fantastique. Elle avait du mal à croire que tout cela s'était vraiment produit.

On se conduisait donc de cette façon dans le grand monde! Eh bien, elle se réjouissait de ne pas en faire partie.

Le marquis devrait, tôt ou tard, annoncer qu'ils n'étaient pas vraiment mariés. Quelle explication allait-il donner quand il voudrait se débarrasser d'elle?

Il faisait décidément bon marché de son existence! Sa personne était-elle donc de si peu de poids qu'on pût la faire apparaître à volonté et l'escamoter comme par enchantement?

« Sans doute racontera-t-il que je me suis noyée, ou que je suis morte de quelque mal obscur! Et nul besoin de prendre le deuil! Mais, baste! » se dit-elle. Ce rôle qu'elle avait accepté de jouer, peut-être inciterait-il finalement le marquis à davantage d'indulgence envers Markham... voire envers elle?

Peut-être tout cela n'aurait-il été qu'un mal pour un bien?...

En même temps, elle pressentait que le marquis était un homme redoutable.

Lors du colloque singulier qui les avait opposés dans la bibliothèque, elle avait perçu, sous la parfaite maîtrise, la fureur violente; ses sarcasmes et son mépris l'avaient atteinte comme une gifle à chaque réplique.

« Comment ai-je pu oser ce vol à main armée? se disait-elle. Quelle entreprise insensée! »

Mais, elle le lui avait dit, elle n'avait pas le choix; il fallait vendre les tabatières ou laisser ces hommes mourir, faute de soins ou de nourriture.

« Cet argent, pensait-elle tristement, nous ne l'avons pourtant pas jeté par les fenêtres. Nous avons lésiné sur tout et pris sur nos économies.

Mais il faut des quantités de nourriture si énormes et tout est tellement cher. »

Et puis il avait fallu trouver l'argent des voyages.

Certains des marins retournaient dans le Northumberland, d'autres en Cornouailles... et, pour arriver à destination, même en voyageant sur l'impériale, il fallait à chacun une somme coquette...

Puis elle se mit à penser à lady Rose. Elle ne pouvait s'empêcher de se comparer sans cesse à elle.

Nul besoin d'avoir vu l'affriolante robe de mousseline dissimulant à peine les charmes suggestifs de lady Caterham, pour s'apercevoir que sa robe à elle était piteusement démodée.

Quant à la capeline au bord relevé, haute d'un demi-pied au-dessus du ravissant visage, elle n'en avait jamais vu de telle, même à Brighton.

Les turquoises et les diamants qui étincelaient au cou et aux oreilles de la belle visiteuse avaient dû coûter des sommes astronomiques.

Ivana n'était pas jalouse, elle mesurait simplement le fossé la séparant de cette femme qui personnifiait à ses yeux la société élégante dans laquelle évoluait le marquis.

« Qui a pu imaginer un seul instant que je sois véritablement la nouvelle marquise ? » se disait encore Ivana.

Elle se demandait ce que le marquis avait bien pu dire à lady Rose pour qu'elle s'imaginât qu'il lui avait promis le mariage.

Peut-être l'avait-il embrassée ? Si c'était le cas, elle était sûre qu'il l'avait fait avec cette classe inimitable qui caractérisait tous ses gestes.

Ses dons de cavalier accompli n'avaient pas échappé à Ivana, non plus que la maîtrise avec laquelle il conduisait l'attelage.

– C'est l'homme le plus beau qui se puisse imaginer, murmura-t-elle.

Que Rose le voulût pour mari, rien d'étonnant. « Quel camouflet cela a dû être de s'entendre dire qu'il était déjà marié à une godiche telle que moi! pensa Ivana. Peut-être un jour m'éprendrai-je d'un homme semblable à lui? »

Le poney poursuivait vaillamment sa route, peinant à la moindre pente et n'accordant aucune attention à Ivana lorsque celle-ci faisait impatiemment claquer les guides pour presser l'allure.

Alors s'imposa à elle la certitude soudaine que les hommes qu'elle rencontrerait désormais ne pourraient que lui paraître insignifiants en comparaison du marquis.

Jusqu'ici, ses héros préférés avaient toujours été des hommes de la mer, blonds aux yeux clairs. C'est ainsi qu'elle imaginait son futur mari.

Mais, maintenant, lorsqu'elle tentait d'évoquer son image, elle le voyait plutôt avec un huit-reflets crânement campé sur le côté, vêtu d'un *whip-cord* gris ou d'un manteau de soirée à la coupe raffinée tombant sans un pli sur des épaules athlétiques.

Elle frémit au souvenir de la colère qui avait fait trembler la voix du marquis tandis qu'il fixait sur elle un regard d'acier.

Le visage d'Ivana s'assombrit. « Jamais il ne me pardonnera, pensa-t-elle. Non seulement je l'ai dépouillé des objets précieux qui avaient appartenu à son père, mais j'ai mêlé sa domesticité à ces vols. »

Elle remisa la carriole aux écuries. Travers n'était pas encore là. Elle dételа et emplit de foin la mangeoire du poney.

Puis elle pénétra dans la maison.

La chaleur était étouffante. Nanny, qui s'était

levée tôt pour panser les blessés et préparer les repas, devait se reposer maintenant.

Elle prenait de l'âge et se fatiguait vite.

Si, néanmoins, elle tenait vaillamment, c'est que les blessés, dès qu'ils étaient suffisamment rétablis, la secondaient à la maison et au jardin.

Une fois remis sur pied, ces hommes lui étaient d'une aide précieuse tout le temps que durait leur séjour.

Le marquis avait vu juste, c'étaient bien eux qui, par reconnaissance, entretenaient le jardin.

Quant aux moins valides, assis sur les marches, ils briquaient les escaliers, ou astiquaient les cuivres et ils aidaient Nanny aux cuisines, épluchant les pommes de terre et écossant les petits pois.

Il restait cinq blessés au manoir et, avant de partir pour Heathcliffe cet après-midi, Ivana leur avait fermement intimé l'ordre de ne pas quitter la grange, à moins que Nanny ou elle-même ne leur indiquât que la voie était libre et qu'ils ne risquaient pas d'être aperçus. Lorsqu'elle s'était rendue à Heathcliffe, elle ignorait que le marquis eût découvert son secret, et elle avait craint que lui ou sir Anthony, en venant à l'improviste, ne découvrissent les hommes se promenant dans le jardin.

Elle fit une courte halte dans le hall pour mettre un peu d'ordre dans sa coiffure, devant le très ancien miroir. Elle était partie en toute hâte et le marquis avait dû s'étonner de la voir sans chapeau.

Elle ne pensait nullement le rencontrer en allant à Heathcliffe. Elle était sûre que sir Anthony et lui seraient allés se promener à cheval ou en phaéton, et elle avait pris la précaution de passer par les communs pour demander Travers.

Un des valets était allé le chercher et, à la mine bouleversée du nouveau majordome, elle avait immédiatement deviné qu'il se passait quelque chose.

– Qu'arrive-t-il? avait-elle demandé.

– Miss Ivana, Sa Seigneurie a pris le livre de comptes dans le bureau du domaine, et il l'a emporté dans la bibliothèque. Puis il a fait appeler Markham.

Elle ne savait que trop bien ce que cela signifiait. Elle n'avait pu retenir une exclamation de dépit, et avait déclaré :

– Les fenêtres de la bibliothèque sont sûrement ouvertes. De la terrasse je pourrai entendre ce qu'il va lui dire.

Et maintenant, repensant à la scène qui l'avait opposée au marquis, elle se dit, en une sorte de défi qu'elle se lançait à elle-même : « J'ai bien fait d'y aller. Si je n'étais pas arrivée à temps, et donc si le marquis avait continué à effrayer et à rudoyer le pauvre Markham, celui-ci risquait l'attaque d'apoplexie. »

Furieuse à cette idée, elle ouvrit la porte du cabinet de travail avec un petit tressaillement d'indignation qui fit bruisser le bas de sa robe.

C'est alors qu'entrée dans la pièce, elle poussa un hurlement.

La porte se referma sur elle, et elle vit qu'un homme se tenait dans l'encoignure.

A son uniforme en lambeaux elle comprit immédiatement qu'il s'agissait d'un marin débarqué de fraîche date.

L'homme lui parut odieusement déplaisant. Sale, avec une barbe de plusieurs jours, son regard montrait qu'il n'était pas homme à se résigner à l'inaction forcée.

– Que faites-vous ici? demanda Ivana.

– La maison était ouverte, répondit l'homme d'une voix rauque.

– Si vous aviez frappé à la porte, on ne vous aurait pas chassé...

– Il est plus probable qu'on me l'aurait claquée à la figure.

– Je suppose qu'on a dû vous dire que j'essaye d'aider les marins démobilisés, dit-elle tranquillement, mais il faut que vous compreniez qu'il m'est impossible d'aider tout le monde.

L'homme n'avait probablement entendu parler de rien et s'était contenté de faire le guet, en attendant la première occasion de pouvoir s'introduire dans la maison pour voler ce qui lui tomberait sous la main.

– Quel est votre nom? demanda simplement Ivana.

– Qu'est-ce que cela peut bien vous faire?

– Il est évident que, si vous voulez être aidé, il me faut quelques renseignements. Nous donnons quelquefois la possibilité aux hommes de rentrer chez eux. Où habitez-vous en temps normal?

– J'habite où ça me plaît, dit l'homme en s'approchant du bureau pour lui faire face. Tout ce que je veux, c'est l'argent et les bijoux que vous gardez ici.

– En ce cas, j'ai peur que vous ne soyez déçu, répondit Ivana. Il n'y a pas de bijoux ici et le peu d'argent que je possède, je vous l'ai déjà dit, sert à aider les marins à rentrer chez eux, ou à gagner une ville où ils puissent travailler.

– J'ai assez travaillé pour le restant de mes jours, dit l'homme brutalement. Et maintenant, trêve de discours. L'argent, et plus vite que ça!

A ces mots, il tira un couteau de sa ceinture et le brandit en direction d'Ivana.

– Vous commettez une erreur grave, dit-elle avec calme bien que son cœur battît à tout rompre. Sur un simple appel, les hommes que j'abrite seront ici en un clin d'œil.

– Pas un cri, dit l'homme, ou c'en est fait de votre mignonne figure! (Instinctivement, Ivana se leva. Il eut un rire déplaisant :) Et pas un geste, vous n'iriez pas loin. Je suis aussi rapide sur mes jambes que ce couteau est affûté.

Ivana se sentit tout à coup les lèvres sèches. Son cœur donnait à grands coups contre sa poitrine.

Elle se rendit compte qu'elle était épouvantée. Les tabatières étaient dans le tiroir de la table à écrire avec quelques pièces d'or provenant de la dernière vente, qui remontait à un mois environ.

Quand le marquis était arrivé à l'improviste à Heathcliffe, elle s'apprêtait à vendre une nouvelle boîte.

« Que puis-je faire? » se demandait-elle désespérément.

Si elle ouvrait le tiroir pour donner l'argent à l'homme, il n'allait pas manquer de voir les tabatières.

Comme s'il se rendait compte qu'elle lui cachait quelque chose, il devint plus violent.

– Bon, dépêchez-vous maintenant, si vous savez ce qui est bon pour vous, dit-il. Sinon ce couteau vous entrera dans le corps comme dans du beurre. Vite.

Ivana n'avait plus le choix. C'est alors qu'un bruit de pas se fit entendre et, dans l'encadrement de la porte, parut le marquis.

Un bref instant, tous s'immobilisèrent puis, avec la vivacité de l'éclair, le marquis s'élança, leva sa cravache effilée et l'abattit de toutes ses forces sur la main du rôdeur.

L'homme poussa un hurlement de douleur, lâcha le couteau qui tomba sur le sol et le malfrat, atteint d'un coup de poing, tomba lourdement sur le sol, étendu pour le compte.

Le marquis le contempla un bref instant, un pâle sourire sur les lèvres. Ivana se précipita vers lui et enfouit son visage contre son épaule.

– Dieu merci... vous êtes venu, dit-elle. (Elle prononçait des mots sans suite et sa voix se brisait.) J'ai eu si peur, poursuivit-elle, tout l'argent était dans le tiroir avec... les tabatières.

Le marquis la prit dans ses bras. Elle frissonna et il s'aperçut alors à quel point elle était menue et gracile.

– Vous vous faisiez vraiment du souci pour les tabatières, avec ce vilain client qui vous tenait le couteau sous la gorge?

– Quand je suis entrée... il était caché... derrière la porte, murmura Ivana.

Le marquis se rendit compte qu'elle avait été terriblement effrayée.

– Tout est fini, maintenant, dit-il. Vous avez eu de la chance que la chose ne se soit pas produite plus tôt ici.

– Jamais un blessé ne m'aurait menacée de la sorte, répondit-elle, et depuis la fin de la guerre, j'ai eu Travers avec moi.

– Je suis très gêné de vous l'avoir enlevé...

Il y avait une touche d'amusement dans la voix du marquis et, comme si elle prenait tout à coup conscience de sa présence, Ivana s'écarta de lui.

– Qu'allons-nous faire de... cet homme?

– Y a-t-il ici quelqu'un pour m'aider? demanda le marquis.

– Oui, il y a Georges. Il est très... costaud bien qu'il n'ait qu'une jambe.

– Eh bien! Va pour Georges! Allons le chercher. Je suppose qu'il est dans la grange.

Ivana acquiesça et il vit qu'elle avait du mal à retrouver ses esprits.

Il devina qu'elle avait peur de rester seule et il lui prit la main en disant :

– Allons-y ensemble.

Pâle et tremblante, Ivana lui abandonna sa main avec gratitude.

Ses petits doigts frémissaient. Quel contraste avec le démon femelle qui, sous son déguisement de hardi cavalier, l'avait délesté de ses bijoux et avait détourné sans scrupules les gages de ses serviteurs !

Elle n'était plus qu'une enfant désarmée par la force brutale. Il fallait à tout prix lui éviter une nouvelle frayeur.

Tandis qu'ils se dirigeaient vers la grange, main dans la main, il décida qu'avant tout, il fallait que Travers revînt au manoir. Ce malfaiteur n'était sans doute pas seul à rôder dans les environs. D'autres viendraient, semant le trouble et l'insécurité.

Pour la seconde fois de la journée, il pensa à ces multitudes d'hommes jetés sur les routes, sans travail et sans argent. Les gouvernants avaient pris là de bien lourdes responsabilités.

Ivana ouvrit la porte de la grange.

Le marquis s'immobilisa sur le seuil, saisi par le spectacle qui s'offrait à sa vue.

La vénérable Grange-aux-Dîmes, qui avait autrefois emmagasiné des centaines de tonnes de grains, et abrité pendant des siècles les festivités des moissonneurs, était maintenant transformée en dortoir.

Des matelas jonchaient le sol, et des hamacs, prêts à recevoir des arrivants supplémentaires, étaient suspendus aux poutres de marine qui soutenaient la toiture.

A l'autre bout de la grange, un groupe d'hommes

inoccupés conversaient, les uns étendus sur des matelas, les autres assis sur des chaises.

Tous portaient des bandages. Les visages s'éclairèrent à l'approche d'Ivana.

– Voici le marquis de Veryan, dit Ivana. Il vient de me débarrasser d'un individu peu recommandable qui me menaçait avec un couteau.

– On vous a menacée, miss? demanda un des marins.

– Il voulait l'argent.

– Il fallait appeler, miss, dit un autre marin. Nous n'aurions pas été longs à vous débarrasser de ce paroissien.

– Voudriez-vous vous en occuper, maintenant? dit le marquis. Je ne veux pas exercer de poursuites contre lui, mais il faut qu'il déguerpisse. Le mieux serait de le sortir de la propriété et de le laisser sur le bas-côté de la route.

Georges, l'homme à la jambe de bois, se leva.

– Je vais y aller avec Tim, dit-il. Son bras valide vaut bien les deux bras de n'importe qui.

Tim grimaça un sourire gêné.

– Alors vite, dit le marquis, avant qu'il ne reprenne ses esprits et ne se livre à de nouvelles violences. (Il sourit à l'adresse d'Ivana et dit :) Attendez-nous ici quelques minutes. Ces messieurs veilleront sur vous.

Il quitta l'endroit avec Georges et Ivana les suivit du regard. La porte de la grange se referma.

Il s'était écoulé un bon quart d'heure quand Georges et Tim, cramoisis d'excitation, revinrent à la grange, apparemment très contents d'eux.

– On l'a traîné un bon bout, miss, dit Georges à Ivana. Et on l'a balancé dans le fossé. Fameuse crèche pour lui, je dirais.

– Est-il encore inconscient? demanda Ivana.

– Complètement cuit, répondit Georges, et quand

il va se réveiller, il n'aura plus qu'à numéroter ses dents.

Les autres hommes la pressèrent de raconter tous les détails de l'incident, mais elle ressortit en hâte pour rejoindre le marquis.

Comme elle entrait dans le salon, leurs regards se croisèrent et pendant un instant qui lui parut interminable, elle eut l'impression qu'ils se parlaient en silence.

Elle dit alors d'une petite voix précipitée :

– Comment vous remercier? Si vous n'aviez pas été là...

– Laissons cela, interrompit le marquis. Mais je ne veux pas que pareil incident se reproduise. J'ai bien réfléchi.

– Mais vous ne pouvez... pas vous passer de Travers; les valets que j'ai envoyés au château n'ont aucune expérience. Votre confort en souffrirait.

– Mon confort passe après votre sécurité, Mrs Wadebridge.

Ivana hésita un instant avant de répondre :

– Il ne faut pas... vous inquiéter. Ce qui arrive... est entièrement de ma faute. Après la mort de papa... je n'aurais pas dû rester ici toute seule... avec Nanny mais, à l'époque, il n'y avait pas d'autre solution... je n'aurais pu supporter l'idée de fermer... la maison et d'être recueillie par de vagues parents.

– Je comprends, dit le marquis, mais vous oubliez que quelqu'un était tout de même là pour veiller sur vous et prendre toutes ces décisions à votre place.

– Qui donc? dit Ivana, surprise.

– Votre mari!

Elle battit des paupières et il vit l'incarnat colorer ses joues pâles.

Il y eut un silence et Ivana reprit faiblement :

– Oui, oui, bien sûr... mais il était en mer.

Le marquis prit un fauteuil et s'installa face à la cheminée.

– Parlez-moi un peu de votre mari. Je suis très curieux d'en savoir plus long sur lui.

– Il n'y a rien à en dire.

– Il y a longtemps que vous êtes mariés?

– Deux... deux ans.

– Où le mariage a-t-il eu lieu?

– Ici, au village.

– Vous en êtes sûre? Après tout, il serait facile d'aller vérifier à l'église, dans le registre des mariages.

Il y eut une pause, puis Ivana demanda :

– En quoi cela devrait-il vous intéresser?

– Cela m'intéresse au plus haut point, dit le marquis. Depuis que nous nous connaissons, vous vous conduisez de façon tellement imprévisible! Je ne m'attendais pas à tout cela en venant me réfugier à Heathcliffe, loin du monde et du bruit. (Ivana ne répondit pas. Il eut un petit rire et poursuivit :) Le moins qu'on puisse dire est que la paix et la tranquillité que j'y venais chercher ont singulièrement brillé par leur absence... D'abord, des voleurs me menacent, puis je découvre que j'ai été dévalisé par ma plus proche voisine, ensuite il me faut la sauver d'une agression qui aurait pu très mal tourner si je n'étais survenu inopinément.

– J'essaie de vous en remercier, dit Ivana, mais je vois bien que je suis à chaque instant... plus lourdement débitrice... à votre égard.

– Oui, dit le marquis, mais je n'oublie pas que vous m'avez tiré d'un bien mauvais pas.

– Je me demandais, tout à l'heure, en revenant du château, comment vous comptiez vous débarrasser de votre... épouse de fraîche date.

– J'y ai également songé, reconnut le marquis.

– Peut-être pourriez-vous raconter que je me suis noyée ou que je suis partie rejoindre mon frère aux Antilles?

– Voilà évidemment deux solutions, admit le marquis, mais il y en a une troisième, plus évidente, à laquelle vous n'avez pas pensé.

Ivana, perplexe, le regardait.

– Oui? Laquelle? demanda-t-elle.

– Que votre mari trouve quelque inconvénient à ce que vous soyez mariée à un autre homme!

A nouveau, Ivana rosit. Elle alla à la fenêtre et s'installa sur une des chaises de repos qui se trouvaient là. Puis elle fixa rêveusement son regard sur le parc.

– Vous l'aimez beaucoup? demanda-t-il brusquement.

– Oui... assurément.

– Même après tous ces mois d'absence?

– Le sort des épouses de marin est inévitable.

– Vous avez donc épousé un homme marié avec la mer?

Ivana prit une grande respiration.

– Il m'est difficile d'imaginer, monsieur... que cela puisse vous importer en quoi que ce soit.

– J'ai le plus grand souci de votre sécurité, répliqua le marquis. Votre mari va-t-il être, lui aussi, réduit à la demi-solde? Auquel cas il reviendra vivre auprès de vous?...

– Je... je l'ignore...

– Je pourrais en parler au Premier lord de l'Amirauté, et connaître exactement le sort qui lui est réservé. Mais il faudrait que vous me donniez son nom, son rang, le nom du bateau sur lequel il est embarqué...

– Je vous en prie, ne prenez pas cette peine. Je ne veux pas vous importuner avec... avec cela.

– Cela ne m'importune nullement et, ainsi, je n'aurai plus de souci à me faire pour vous.

– Il n'y a aucune raison pour que vous vous donniez tout ce mal.

– Il y a au contraire toutes les raisons du monde. Ce qui s'est passé cet après-midi peut se reproduire à tout instant.

Un frisson parcourut le corps frêle de la jeune femme. Le marquis poursuivit impitoyablement :

– Je ne serai pas toujours là pour vous sauver...

– Peut-être Nanny et moi devrions-nous envisager de partir dès que les blessés seront rétablis.

– Quand pensez-vous que cela serait possible?

– Dans trois à quatre semaines environ.

– Dans l'intervalle, n'importe quoi peut arriver.

Ivana se tourna vers lui.

– Je vous en prie... milord... vous voulez sûrement me faire peur. Mais, désormais, je garderai près de moi la nuit un pistolet chargé... et peut-être en placerai-je un autre dans le cabinet d'étude... Quand Votre Seigneurie aura repris les tabatières, la montre et... le vaisseau d'or ciselé, il n'y aura plus au manoir aucun objet de valeur.

– Bien au contraire, repartit le marquis. Il restera encore ici un objet d'un prix inestimable. (Il vit l'interrogation passer dans le regard de la jeune femme et acheva calmement :) Vous-même!

Leurs regards se croisèrent : il était impossible de détourner les yeux.

Après ce qui sembla à Ivana une éternité, le marquis reprit :

– J'en reviens à ma question, à laquelle vous n'avez pas encore répondu : qu'en est-il de votre mari?

Ivana détourna la tête. Son profil très pur se détachait nettement sur la croisée aux vitres taillées en losanges.

Ses traits étaient non seulement aussi parfaitement dessinés que ceux de Rose mais il s'en dégageait une impression de spiritualité qu'il n'avait jamais vue, chez aucune femme.

Il y avait véritablement un côté chevaleresque dans la lutte qu'elle avait menée sans argent et pratiquement sans aide pour sauver les blessés.

Combien de souffrances eussent été épargnées, combien de rancœurs eussent pu être évitées si toutes les femmes d'Angleterre avaient montré autant de compassion pour les combattants qui avaient sauvé le pays de la tyrannie de Bonaparte!

Il y eut une pause. Puis le marquis reprit :

– J'attends.

– Je n'ai rien... je n'ai rien à vous dire.

– Vous n'avez donc aucun souhait à formuler concernant l'avenir de votre mari, ou les démarches que je pourrais effectuer en ce sens?

– Bien d'autres soucis doivent vous accaparer. Oubliez le manoir...

– Voulez-vous suggérer que nous en revenions à la querelle qui opposa mon père à l'amiral? Je vois mal que nous puissions les égaler en animosité.

– Ce n'est aucunement mon souhait.

– Il nous serait de loin plus facile de lier amitié, et que vous me permettiez de vous aider.

– Mais ne vouliez-vous pas, il y a moins d'une heure, m'envoyer à la potence?

– Pensez-vous réellement que j'aurais été capable de cela?

Elle lui lança un bref regard, et un timide sourire apparut sur ses lèvres.

– Sur le moment... vous... m'avez fait très peur.

– Vous le méritiez amplement. Mais, maintenant, je ne suis plus tout à fait sûr que vous méritiez

que trahir vos intérêts. Je vais sûrement commettre quelque bévue... et vous aurez honte... De toute façon, je n'ai absolument pas le costume... du rôle.

Comme elle achevait ces mots, l'image de lady Rose se présenta à son esprit. Jamais elle ne pourrait rivaliser avec une femme aussi exceptionnellement élégante.

C'était là le genre de femme en compagnie de qui le marquis devait être vu, qu'il en soit simplement épris ou qu'il la veuille pour épouse. Mais elle! Ivana! C'était absolument exclu!

Comme s'il avait pu lire dans ses pensées, le marquis lui dit doucement :

– Le prince vous a trouvée fort belle : la plus jolie des marquises de Veryan, a-t-il dit. Vous en souvenez-vous?

– Ce n'est certainement pas le cas, sauf... peut-être... aux yeux d'un... homme?

Le marquis sourit :

– Vous vous souciez donc tant de l'opinion des autres femmes?

– Bien sûr...

– C'est pour cela que vous voulez une robe? Pour rivaliser avec elles?

– Je ne pourrai jamais être habillée comme elles!

– Vendez une tabatière!

– Vous vous moquez de moi.

– C'est vrai, je vous taquine, dit le marquis. Si vous acceptez de venir avec moi à Brighton, je vous promets que vous serez habillée de façon à faire mourir de jalousie toutes les autres femmes.

– Vous ne voulez tout de même pas dire que vous allez m'offrir une robe, milord? dit Ivana. Je ne saurais en aucune façon accepter.

– Il est bien tard pour invoquer les convenances,

objecta le marquis, après les avoir bravées au point de pénétrer chez moi en terrain conquis, de vendre une collection unique de tabatières m'appartenant, et de persuader mon régisseur d'être votre complice.

Ivana regardait le marquis. Il ne paraissait pas aussi en colère qu'elle aurait pu le craindre. C'est avec une note d'amusement dans la voix qu'il poursuivit :

– Alors, regimber pour accepter une robe, un chapeau et peut-être même une paire de gants! Tout cela ne vaut même pas la peine qu'on en parle. Et puis vous êtes loin d'être une « débutante », pour tant vous soucier de votre réputation et de votre innocence.

Il la vit rougir, une nouvelle fois. Cela l'enchanta comme un lever de soleil.

– Je vous en prie... milord... n'exigez pas de moi que j'aille à Brighton, implora Ivana. Je n'ai jamais été si effrayée...

– Je veillerai sur vous, dit le marquis, vous ne commettrez aucun impair et je vous promets que vous garderez de cette visite un souvenir extrêmement agréable. (Puis, pour prévenir toute protestation, il ajouta vivement :) Avant de nous rendre à Brighton, nous devons nous occuper de tout autre chose, et vous devinez sûrement de quoi je veux parler.

– Je n'en ai aucune idée, dit Ivana. De quoi s'agit-il?

– Vous allez venir vous installer à Heathcliffe, répondit le marquis. Certes, nous sommes censés filer notre lune de miel, néanmoins la nouvelle de notre mariage va nous amener une foule de curieux, que nous le souhaitions ou non, et il pourrait leur paraître étrange que ma femme vive dans une maison et moi dans une autre.

Ivana ouvrit de grands yeux :

– Vous ne voulez pas... parler sérieusement ?

– C'est très sérieux, confirma le marquis. De mon point de vue tout autant que du vôtre. Et, que vous jouiez ou non le rôle d'épouse, je n'ai nullement l'intention de vous laisser seules, vous et votre nourrice, au milieu de cinq hommes infirmes, devenir la proie des rôdeurs qui, comme chacun sait, ne vivent que de rapines. (Il se leva et conclut :) Cela ne souffre aucune discussion. Je rentre. Je commanderai qu'on attelle la berline et qu'on fasse venir un landau pour les blessés. Travers pourra s'arranger pour les loger. Comme vous le savez, le château peut contenir une armée entière, à plus forte raison une escadre de marine. Le manoir de Flagstaff restera fermé, si cela est nécessaire, et je veillerai à ce qu'il soit sous bonne garde.

Il regarda Ivana. Elle paraissait effrayée et abasourdie, et restait là, les mains croisées sur son giron, comme une petite fille; il vit combien elle était ravissante, encore dans la pureté de l'enfance.

– Laissez-moi m'occuper de tout, dit-il, très calme.

Elle ne trouvait plus ses mots, le trouble lui coupait le souffle. Alors il quitta la pièce, et elle entendit ses pas s'éloigner dans le hall.

7

Ivana ôtait son costume de cheval et passait une robe verte pour le thé.

– Je ne puis croire que cela fait bientôt cinq jours que nous sommes ici, dit-elle à Nanny.

– Nos blessés vont bien mieux, repartit Nanny, et bien que j'aime à penser que c'est grâce à nos soins, je crois vraiment que la bonne nourriture que leur donne Sa Seigneurie y est pour beaucoup. Avant de venir ici, je n'aurais pu même imaginer de telles quantités de viande!

Ivana sourit.

Nanny ne se lassait pas de répéter cela. Elle semblait vraiment goûter chaque instant de son séjour à Heathcliffe. Elle y était servie, avait l'occasion de pouvoir bavarder avec les nombreux domestiques et, chaque fois qu'elle retrouvait Ivana, elle se répandait en discours louangeurs sur la bonne tenue et l'organisation de la maison.

– Tu imagines ce que grand-papa dirait s'il pouvait t'entendre? lui disait Ivana pour la taquiner.

Après toutes ces années d'économies de bouts de chandelles, passées à lésiner, à rogner sur tout, à se demander d'où tirer chaque sou, elle savait que, maintenant, Nanny prenait de grandes vacances, et elle les avait bien méritées.

Quant à elle, elle s'amusait comme rarement.

Elle n'aurait jamais cru qu'il pût être aussi fascinant de disposer de chevaux superbes, de voir tous ses désirs pour ainsi dire prévenus et, par-dessus tout, d'avoir à elle toute seule la compagnie de ces deux beaux jeunes gens.

Par le passé, elle avait toujours pensé – à cause de ce qu'on racontait sur ses frasques et sa prodigalité – que le marquis devait être stupide et uniquement préoccupé de plaisirs futiles.

Mais, bien au contraire, elle découvrait qu'il avait tout lu et, lorsqu'ils prenaient leurs repas ensemble, la conversation était si brillante et si exaltante qu'Ivana se serait crue sous les feux de la rampe.

D'ailleurs, le château de Heathcliffe tout entier n'était-il pas une pure vision de théâtre? Et, sans oser se l'avouer, elle redoutait le moment où, le rideau tombé, il lui faudrait retourner à son ancienne vie.

Le soir, avant de s'endormir, elle se surprenait à repasser en pensée les paroles de la journée, elle revoyait les attitudes du marquis, les expressions de son visage.

Elle n'aurait jamais imaginé qu'un homme pût ainsi être étonnamment beau sans en être infatué le moins du monde.

Ce qui la surprenait aussi, c'était sa vigueur, que les exercices les plus pénibles ne parvenaient pas à entamer.

Il faisait encore fort chaud, et le marquis et sir Anthony allaient nager tous les matins. Ils revenaient resplendissants de santé, dans une forme éblouissante, pour attaquer le copieux petit déjeuner, avant d'aller parcourir le pays à cheval en compagnie d'Ivana.

Ils galopaient dans les grandes étendues des Downs jusqu'à épuisement de leurs montures. Ivana leur fit redécouvrir certaines parties du domaine que le marquis n'avait pas visitées depuis longtemps. Elle leur racontait les légendes locales.

Les deux hommes l'écoutaient – et la taquinaient. Anthony lui faisait d'ailleurs les compliments les plus extravagants, et elle prit vite le parti d'en rire.

Elle ne refusait pas le plaisir d'avoir un admirateur, mais elle aurait voulu connaître les sentiments du marquis.

Certes, les yeux du jeune homme se portaient parfois sur elle, mais comme s'il se fût attendu à quelque coup de traître, son regard n'était pas exempt de circonspection. Peut-être se méfiait-il simplement parce qu'elle était différente de lady Rose et de toutes les belles dames qui l'avaient tant diverti par le passé.

Tandis qu'elle descendait dîner, vêtue de la robe de son premier soir à Heathcliffe, elle désira ardemment posséder d'autres toilettes, pour lui plaire, pour l'éblouir.

Elle était la plus jolie marquise de Veryan, avait déclaré le prince de Galles; le marquis avait rapporté le propos à Ivana, mais ne lui avait jamais exprimé son propre sentiment.

« Je suis sûre qu'en réalité il préfère les blondes comme lady Rose », avait-elle pensé avec désespoir, la veille au soir.

Sir Anthony l'avait gratifiée d'un baisemain quasi passionné lorsqu'il lui avait souhaité une bonne nuit, mais le marquis s'était contenté d'une inclinaison de tête en réponse à sa révérence et, bien que leurs regards se fussent croisés, elle n'aurait su deviner à quoi il pensait.

Maintenant, elle vivait les affres des dernières heures. Dans deux jours (puisque le marquis en avait décidé ainsi), ils iraient à Brighton.

Après, son avenir était un énorme point d'interrogation.

Elle souhaitait en parler à nouveau avec le marquis, mais la présence permanente de sir Anthony l'en empêchait. Peut-être aujourd'hui serait-ce différent?

A la fin de la promenade à cheval, alors qu'ils rentraient déjeuner, Anthony annonça inopinément :

– Je compte repartir immédiatement pour les courses de cet après-midi, à Lewes. Viendrez-vous avec moi, Justin?

– Je ne le puis, avait répondu le marquis. Apparaître en public sans Ivana serait une faute. Les vêtements que j'ai commandés pour elle ne sont pas encore arrivés de Londres.

– Oui, dans l'état actuel des choses, ce serait une faute, en effet, admit Anthony; j'irai pour prendre un peu l'air du pays et apprendre ce qu'on dit de votre mariage secret.

Le marquis se taisait. Ivana, inquiète, lui lança un regard rapide.

– Le prince ne va pas manquer de me demander quand vous comptez présenter Ivana à Mrs Fitz-Herbert, dit Anthony.

– Dites-lui que ce sera au milieu de la semaine prochaine, répondit le marquis et suggérez, avec tact si possible, que nous ne souhaitons nullement, pour la circonstance, être le point de mire d'une cohorte d'imbéciles heureux, et que nous préférerions être seuls avec Son Altesse Royale et Mrs Fitz-Herbert.

– Je doute qu'il m'écoute, répliqua Anthony. Vous savez aussi bien que moi qu'au Pavillon Royal toutes les occasions sont bonnes pour donner une réception.

Ivana s'exclama faiblement :

– Je vous en prie, persuadez-le de ne pas convoquer tous les amis de Sa Seigneurie. De toute façon je serai terrifiée... et si...

Elle s'arrêta, ne pouvant formuler sa véritable crainte, à savoir que si le marquis rencontrait là d'autres femmes, elle ne l'aurait plus près d'elle.

Une consternation anticipée se peignait sur son visage mais le marquis la rassura :

– Ce ne sera pas du tout aussi redoutable que vous le pensez, je vous l'assure.

Puis il éperonna son cheval, ce qui mit un terme à la conversation jusqu'au retour au château.

Pour la première fois depuis qu'Ivana était à Heathcliffe, le repas allait se dérouler en tête à tête, et, comme elle se dirigeait vers la salle à manger, elle se promit de ne pas ennuyer le marquis avec ses angoisses. Elle allait plutôt essayer de le distraire, comme l'aurait fait lady Rose.

De toute façon, la présence de Travers et des nouveaux laquais excluait toute conversation personnelle.

De fait, elle fut étonnée de se rendre compte à quel point il lui avait été facile non seulement d'avoir une conversation animée avec le marquis, mais encore de le faire rire.

Et quand, après le déjeuner, il proposa une nouvelle promenade, au bord de la mer, elle était si ravie de son cheval et de la compagnie du marquis qu'elle préféra ne pas gâcher cet instant de rare bonheur en lui exprimant autre chose que de la reconnaissance.

Tandis que Nanny l'aidait à boutonner sa robe verte de tous les jours, on frappa à la porte.

Nanny alla ouvrir puis s'effaça pour laisser passer trois valets chargés de boîtes.

Il y en avait de longues dont Ivana devinait

qu'elles contenaient des robes, et bon nombre de rondes (des cartons à chapeaux, de toute évidence) et d'autres encore, dont elle eût été bien en peine de deviner le contenu.

Ebahie, elle les regardait s'empiler dans la pièce, par douzaines, lui semblait-il, quand un valet s'adressa à Nanny :

– Elles viennent d'arriver de Londres. Le cocher s'est excusé du léger retard : les routes étaient plus encombrées que prévu.

– Eh bien, elles sont là maintenant, dit Nanny, et c'est tout ce qui compte!

Les laquais se retirèrent et Ivana retrouva la voix.

– Elles ne peuvent pas être toutes pour... pour moi!

– Je ne vois guère Sa Seigneurie portant une robe de Bond Street! dit Nanny en lisant les noms inscrits sur les boîtes.

Alors, trop excitée pour attendre, Nanny se mit à soulever les couvercles et à défaire les robes, pelisses, parures de nuit, chemises et châles, et à les retirer pour les inspecter une par une avant de les étendre sur le lit. Ivana s'extasiait. Jamais elle n'avait rêvé de voir – encore moins de posséder – tant de vêtements à la mode dont chacun, elle le savait, devait coûter plus qu'elle ne dépensait en une année.

Quand Nanny eut fini, le lit semblait crouler sous les parures les plus exquises, les plus aériennes, les plus sophistiquées; la nourrice s'attaqua alors aux cartons à chapeaux.

Tout à coup, Ivana eut un léger cri et dévala l'escalier.

Elle supposait que le marquis se trouvait dans le salon où habituellement ils prenaient le thé et on y avait effectivement préparé une table basse devant la cheminée.

Le marquis se tenait devant la fenêtre ouverte et contemplait le jardin.

A son approche, il se retourna et elle courut à lui.

– Comment... avez-vous pu? Comment avez-vous pu... me faire envoyer toutes ces merveilles... tous ces vêtements magnifiques? Je ne peux accepter... vous le savez.

Le marquis sourit.

– Il pourrait paraître étrange que ma femme n'ait pour tout vêtement que la robe que vous portez là... et je suis impatient de vous voir habillée à la dernière mode.

– Il est vrai que, quand nous nous rendrons chez le prince pour que vous me présentiez à Mrs Fitz-Herbert, je devrai vous faire honneur, mais ce que vous m'avez fait porter... suffirait... à... constituer...

Elle s'interrompit et le marquis acheva:

– ... un trousseau, dit-il tranquillement.

Ivana eut un petit geste de la main.

– Vous m'aviez dit qu'il se pourrait que nous recevions des visiteurs, dit-elle avec une note de reproche, et c'était la raison que vous donniez pour exiger que je m'habille plus élégamment... mais personne n'est venu ces jours derniers; ma façon de m'habiller n'a donc aucune importance.

– On vous a mal renseignée, répondit le marquis, car il se trouve qu'un grand nombre de personnes sont venues nous voir mais, sur mes instructions, Travers les a renvoyées.

– Je... l'ignorais.

– Il n'y avait aucune raison de vous ennuyer avec ces choses, dit le marquis, et comme je ne souhaitais pas m'entretenir avec ces visiteurs, ils ont été obligés de repartir pour Brighton sans que je leur aie donné matière au moindre ragot...

Le marquis parlait d'un ton méprisant et Ivana dit :

– Il me déplaît de... penser que... je vous empêche de voir vos amis...

– Vous avouerai-je que j'en ai été ravi? lui dit-il. Mais vous vous doutez bien que, tôt ou tard, il nous faudra être un peu plus sociables.

Ivana prit une grande respiration.

– Après notre visite au prince et à Mrs Fitz-Herbert... je pense... qu'il sera temps... pour moi... de disparaître.

A la seule évocation de ce départ, elle avait la sensation d'un coup de poignard qu'elle se serait donné à elle-même et elle comprit que le mot « disparaître » pouvait être aussi meurtrier que le couteau brandi par le marin.

Alors elle tenta de se raisonner, de se persuader qu'elle était ridicule. Elle avait toujours su que le moment de partir viendrait. La seule vraie question était : « Quand? »

– Où avez-vous l'intention de disparaître? demanda le marquis.

Ivana haussa les épaules. Puis elle dit :

– J'ai une cousine à Douvres. Peut-être pourrais-je rester chez elle pendant quelque temps.

– Et cela vous plairait?

– Ce ne serait pas pour longtemps... quand vous serez reparti... peut-être pourrais-je revenir... au manoir.

– Je pensais que nous étions tombés d'accord que cela serait dangereux pour vous.

– Mais si vous n'emmenez pas Travers avec vous à Veryan, il pourrait être notre... gardien? (Le marquis ne répondit pas, et Ivana ajouta vivement :) Bien sûr, si vous l'y autorisez. Je vous promets que...

je ne demanderai plus jamais rien à vos domestiques... sans votre autorisation.

– Ne pensez-vous pas que les gens pourraient s'étonner que la nouvelle marquise de Veryan vive séparée du marquis?

– Je pensais que personne n'avait besoin de le savoir, répliqua-t-elle promptement.

– Vous savez bien que c'est impossible.

– Alors il me faut m'exiler... dit-elle à voix basse. L'Ecosse, l'Irlande... personne ne me connaîtra, là-bas.

« Quelle horrible perspective, pensa-t-elle, et comment faire face aux dépenses du voyage, et à celles de l'hébergement en terre étrangère? »

– Une fois de plus, dit le marquis, je vous pose la question. Croyez-vous que, menant cette vie obscure, là-bas, en Ecosse ou en Irlande, vous pourriez être heureuse?

Ivana aurait souhaité pouvoir répondre par la négative, admettre qu'elle serait malheureuse comme les pierres... mais elle était bien décidée à ne rien laisser paraître de ses véritables sentiments, et elle dit :

– Je pense que je m'y... habituerai... je finirai bien par trouver à m'occuper...

– Il me semble que vous négligez un élément très important de votre existence à venir, dit le marquis.

Elle savait ce qu'il voulait dire : il regardait son alliance; elle s'aperçut que, depuis son arrivée à Heathcliffe, le marquis ne lui avait jamais parlé de son mari et, quant à elle, elle n'y avait pas pensé une seconde.

Soudain, le marquis lui saisit la main gauche.

– J'ai une suggestion à vous faire, lui dit-il, j'y pense déjà depuis un certain temps.

Il sentit ses doigts trembler lorsqu'elle demanda :

– Laquelle?

– Cette bague me paraît démodée, je voudrais la remplacer par quelque chose de plus convenable.

A ces mots, il tira de sa poche une bague qu'il lui passa au doigt.

Elle en ressentit un tel trouble qu'elle fut incapable de faire un geste ou de protester. Puis elle contempla l'énorme diamant d'une eau très pure : dans la lumière d'été, il lançait des feux étincelants qui l'aveuglaient presque.

Le marquis reprit calmement :

– Je crois qu'il était très avisé et très sage à vous, considérant ce que vous faisiez pour tous ces hommes, de prétendre que vous étiez mariée, mais je n'ai jamais pensé un seul instant que ce mari mythique dont vous vous acharniez à oublier constamment l'existence avait la moindre consistance réelle.

– Vous... saviez donc? chuchota-t-elle.

– Depuis le début, répliqua le marquis, et laissez-moi vous dire que non seulement vous êtes très médiocre comédienne mais également que vous n'aviez aucunement l'air d'être mariée. Anthony l'avait remarqué dès le premier jour.

Ivana admirait la bague.

– Elle est... très belle, dit-elle, mais pour convaincre le prince, il me faut aussi... une alliance.

– Que j'ai bien l'intention de vous offrir, dit le marquis, mais pas avant que nous ne soyons réellement mariés.

Ivana frémit. Les yeux démesurément agrandis, elle le regarda, et vit qu'il souriait.

– Chérie, je suis en train de vous demander de façon un peu détournée si vous voulez m'épouser.

Suffoquée d'abord, elle parvint à articuler dans un souffle :

– Que dites-vous? Vous ne voulez pas vraiment...?

– Je veux dire que j'ai découvert, de façon tout à fait inattendue, que je souhaitais plus que tout au monde être réellement marié. Je ne veux plus de ce mariage fictif.

– Est-ce vrai?

– C'est précisément la question que je me suis posée tout d'abord. Mais je me suis vite rendu compte qu'il m'était désormais impossible d'imaginer la vie sans vous.

– Essayez-vous de me dire... que parce que vous... ne vouliez-vous pas faire croire au prince de Galles...?

– Je suis tout prêt à faire croire n'importe quoi au prince de Galles, mais je ne veux plus m'abuser moi-même sur mes propres sentiments. En d'autres termes, je vous aime! Est-ce cela que vous voulez entendre?

La joie éclairait le visage d'Ivana d'une lumière radieuse.

Il l'attira à lui et ses lèvres se posèrent sur celles de la jeune fille.

Dans ce baiser, toutes les craintes d'Ivana s'évanouirent, elle se sentit transportée dans un éblouissement sans pareil.

Personne ne l'avait jamais embrassée et la douceur du marquis la plongeait dans un ravissement extatique qui l'emportait tout entière comme les vagues de la mer.

Elle n'avait jamais rien éprouvé de si merveilleux, de si parfait, et comme il la serrait plus étroitement dans ses bras, elle crut vivre un rêve.

Car il était le monde entier, et il n'y avait rien

d'autre que la merveille de ses lèvres et la sécurité de ses bras.

« Je suis sauvée, je suis sauvée, pensait-elle, je n'aurai plus jamais peur... »

Alors le marquis se mit à l'embrasser avec exigence, avec passion, jusqu'à ce qu'elle fût incapable de penser, si impétueuses étaient les sensations qu'il avait éveillées en elle.

Il leva la tête.

– Ma chérie, ma douce, dit-il d'une voix mal assurée, je peux à peine y croire, personne ne vous a jamais embrassée avant moi.

– Vous êtes le seul et je... ne savais pas qu'un baiser pouvait être si... merveilleux.

– Il faut me dire ce que vous ressentez, exigea-t-il d'un ton impérieux.

– Je vous aime... je vous ai aimé depuis le premier moment où je vous ai vu... mais je ne savais pas que c'était... de l'amour... jusqu'à mon arrivée ici...

– Qu'avez-vous ressenti, alors?

– J'ai craint de... devoir partir... et de ne plus... vous revoir.

– Cela n'arrivera jamais, dit le marquis. Vous êtes mienne, Ivana, mienne complètement et absolument... et nous serons toujours ensemble... jour et nuit.

Il prononça ces mots avec lenteur, et regarda le rose affluer à ses joues. Puis il l'attira à nouveau contre lui.

– Ma chérie, mon innocent amour. Qui pourrait croire un seul instant que vous êtes mariée quand vous rougissez de la sorte?

– J'étais tout à fait sûre d'avoir été convaincante, dit Ivana, même quand vous posiez... toutes ces questions gênantes... sur mon mari.

– Le seul mari que vous aurez jamais, c'est moi, affirma le marquis, et maintenant que vous avez cette bague à votre doigt, laissez-moi vous dire que je n'ai pas l'intention de permettre à Anthony de continuer à virevolter autour de vous de cette manière éhontée. (Il perçut l'interrogation dans les yeux d'Ivana et ajouta :) J'ai été jaloux, follement jaloux de mon meilleur ami, j'ai eu très peur que vous ne vous épreniez de lui... et de devoir assister à cela sans rien pouvoir y faire.

– Non, c'était vous... vous... toujours, dit Ivana, frémissante.

Elle enfouit de nouveau son visage dans l'épaule du marquis, mais il lui releva doucement le menton et la regarda intensément.

– Je remercie la vie de m'avoir permis de vous rencontrer, dit-il.

Il allait l'embrasser mais elle lui murmura :

– J'avais peur... terriblement peur que vous changiez d'idée et que vous décidiez... après tout, de vous marier... avec la belle lady Rose...

– Cela, jamais je n'en ai eu l'intention, déclara le marquis, et, ma chérie, au cas où vous vous feriez du souci à cause d'elle, je vous promets bien qu'il n'y aura plus ni Rose ni aucune femme de son genre dans mon existence. Je sais maintenant que ce que j'ai toujours cherché – évidemment là où je ne pouvais le trouver –, c'était vous.

– J'essaierai d'être... tout ce que vous voulez que je sois, dit humblement Ivana, et de faire exactement ce que vous... voulez.

Le marquis se mit à rire.

– J'en doute énormément, dit-il, vous êtes trop originale et indépendante pour cela et, mon adorable, vous m'intriguerez toujours, vous me ravirez et même vous vous jouerez de moi jusqu'à la fin de mes jours. (Il appuya ses lèvres contre la joue douce avant de dire :) Jamais dans mes rêves les plus fous je n'aurais pu imaginer que je me marierais avec un voleur de grand chemin! (Il la serra à nouveau dans ses bras.) Comme vous aviez fière allure dans ces culottes de peau! Mais, désormais, vous ne les porterez jamais pour personne d'autre que moi.

– Vous semblez avoir été choqué.

– Oui, j'ai été choqué d'avoir pu être attaqué par une femme, mais je suis encore plus choqué à l'idée que ce ravissant bandit de haute volée sera bientôt ma femme.

Ivana eut un soupir de pure félicité. Puis elle dit :

– Ce n'est pas exactement... quelqu'un comme moi qu'il vous faut épouser... Imaginez que je vous déçoive quand vous me verrez parmi vos... amis? En quoi puis-je être comparée à toutes ces grandes dames qui... j'en suis sûre, vous aiment autant que moi?

Il y avait une profonde tendresse dans les yeux du marquis tandis qu'il contemplait ceux, inquiets, d'Ivana.

– L'amour que nous avons l'un pour l'autre, ma précieuse, est tout différent de celui dont on parle si légèrement dans la bonne société.

– L'amour que j'ai pour vous, dit-elle à voix très basse, est sacré. C'est un don de Dieu. Je vous aime et vous emplissez pour moi le monde entier et le ciel. Je n'aspire qu'à vous rendre heureux.

Le marquis la tint si serrée qu'elle put à peine respirer.

– Cet amour, je l'ai cherché toute ma vie, dit-il, et je pensais que je ne le trouverais jamais. (Il embrassa ses deux fossettes avant d'ajouter :) Je suis l'homme le plus chanceux de toute la terre, et ma douce chérie, si vous voulez me rendre heureux, je veux, moi, vous donner le soleil, la lune et les étoiles et un amour tel qu'aucune femme n'en reçut de pareil.

– Comment pouvez-vous me dire des choses si... merveilleuses, à moi ? demanda Ivana. D'abord, vous m'avez fait si peur... ensuite, je me suis mise à vous aimer, mais je pensais que vous étiez hors d'atteinte... et... que... mis à part ce faux mariage, rien ne me rapprocherait jamais de vous.

– Vous serez encore plus près de moi, dit le marquis, mais auparavant, il faut que l'on nous marie selon les formes.

Il sourit très tendrement car, une fois de plus, Ivana avait rougi.

Alors il dit :

– J'enverrai Markham à Canterbury chercher une licence spéciale. Puis, mon doux cœur, nous nous marierons très discrètement le matin, tôt, à l'église du village, avec Anthony pour seul témoin. Cela vous agrée-t-il ?

– C'est si merveilleux... dit Ivana, je ne peux m'empêcher de pleurer.

– Vous n'avez pas pleuré quand on vous a menacée avec un couteau, dit le marquis. Vous n'avez pas pleuré non plus quand je vous ai dit que vous risquiez la pendaison. Si vous pleurez maintenant, c'est que je n'ai pas réussi à vous rendre le bonheur que vous m'apportez...

Ivana refoula les larmes qui lui venaient aux yeux, d'un battement de paupières.

Elle était si ravissante que le marquis posa un baiser sur ses joues, puis plus bas, au creux du cou.

Ivana sentit un étrange et doux frisson la parcourir comme du vif-argent, et ses lèvres s'entrouvrirent.

– Je vous en prie... je vous en prie... murmura-t-elle.

Le marquis leva la tête.

– Vous n'aimez pas que je vous embrasse comme cela, ma chérie ?

– Si... mais cela... me rend... sauvage.

Il sourit.

– C'est ainsi que je veux que vous soyez... j'ai tant de choses à vous apprendre, mon cher cœur.

Elle se rapprocha de lui.

– Apprenez-moi... je vous en prie... apprenez-moi.

Il la regardait intensément avec une tendresse qu'il n'avait eue pour aucune femme.

– Je vous vénère, dit-il.

– Et moi je vous aime... je vous... aime ! dit Ivana avec passion.

Le marquis chercha à nouveau ses lèvres. Il l'embrassa jusqu'à ce que la pièce semblât tourner autour d'eux, et à nouveau, Ivana se sentit transportée dans une gloire étincelante : ils étaient unis dans cet éblouissement.

Puis le marquis relâcha son étreinte et ce fut comme si elle ployait sous ce qui s'emparait d'elle avec tant de force. Elle eut un murmure et se cacha de nouveau le visage contre son épaule.

Son cœur battait à tout rompre, aussi violemment que celui du marquis, et elle frissonna de savoir qu'il pouvait ainsi éveiller ses sens.

– Vous êtes si magnifique ! s'exclama-t-elle.

– Et vous, vous êtes si douce, douce autant que belle. Les mots me manquent pour vous dire avec quel emportement je voudrais vous embrasser du haut de votre tête ravissante jusqu'à la pointe de votre petit pied.

Il parlait d'un ton grave et passionné et Ivana murmura :

– Vous m'intimidez.

– Je vous adore quand vous êtes timide, répliqua le marquis. J'avais oublié que des femmes pouvaient encore rougir, et votre timidité porte mon désir à son comble, comme jamais rien ni personne n'a pu le faire auparavant. (Il posa les lèvres sur son front avant de dire :) Regardez-moi.

Elle leva la tête et il la regarda longuement avant de dire d'une voix rauque :

– Je vous veux... je vous veux à cet instant même et pour l'éternité.

Les mots semblaient venir du tréfonds de son être; puis il fit un effort pour se maîtriser et dit :

– Je devrais vous tancer vertement, mon adorable, pour m'avoir une fois de plus dépossédé.

– Et de quoi donc? questionna Ivana.

– De mon cœur. Je le croyais à l'abri des plus décidées et des plus habiles, mais vous êtes venue comme un voleur dans la nuit et, désormais, il est entre vos mains, pour toujours.

– Je ne le laisserai jamais échapper, s'écria Ivana. Je l'aimerai... je le chérirai... je l'adorerai... et aussi longtemps que je pourrai le conserver, je ne veux rien d'autre dans... le monde entier.

Les derniers mots furent emportés dans un baiser fougueux. Impétueux, exigeant, possessif, il l'embrassait. Ivana sut qu'ils avaient trouvé l'amour parfait, celui que nous cherchons tous, qui jamais ne peut être volé mais qui est pur don de Dieu.

Cinéma et TV

De nombreux romans publiés par J'ai lu ont été portés à l'écran ou à la TV. Leurs auteurs ne sont pas toujours très connus ; voici donc, dans l'ordre alphabétique, les titres de ces ouvrages :

A la poursuite du diamant vert 1667★★★	**Joan Wilder**
Alien 1115★★★	**Alan Dean Foster**
Angélique marquise des anges	
L'ami Maupassant 2047★★	**Guy de Maupassant**
L'Australienne 1969★★★★ & 1970★★★★	**Nancy Cato**
Bigfoot et les Henderson 2292★★★	**Joyce Thompson**
Blade runner 1768★★★	**Philip K. Dick**
Bleu comme l'enfer 1971★★★★	**Philippe Djian**
La brute 47★★★	**Guy des Cars**
Cabaret (Adieu à Berlin) 1213★★★	**Christopher Isherwood**
Carrie 835★★★	**Stephen King**
Châteauvallon 1856★★★★ 1936★★★★ & 2140★★★★	**Eliane Roche**
Christine 1866★★★★	**Stephen King**
La couleur pourpre 2123★★★	**Alice Walker**
Coulisses 2108★★★★★	**Alix Mahieux**
Cujo 1590★★★★	**Stephen King**
Des fleurs pour Algernon 427★★★	**Daniel Keyes**
2001 l'odyssée de l'espace 349★★	**Arthur C. Clarke**
2010 : odyssée deux 1721★★★	**Arthur C. Clarke**
Le diamant du Nil 1803★★★	**Joan Wilder**
Dynasty 1697★★ & 1894★★★	**Eileen Lottman**
E.T. l'extra-terrestre 1378★★★	**Spielberg/Kotzwinkle**
E.T. La planète verte 1980★★★	**Spielberg/Kotzwinkle**
L'exorciste 630★★★★	**William P. Blatty**
Les exploits d'un jeune don Juan 875★	**Guillaume Apollinaire**
Le faiseur de morts 2063★★★	**Guy des Cars**
Fanny Hill 711★★★	**John Cleland**
Fletch 1705★★★	**Gregory Mcdonald**
La folle histoire de l'espace 2294★★★	**Mel Brooks/J.B. Stine**
Le Gerfaut 2206★★★★★★ & 2207★★★★★★	**Juliette Benzoni**
Jonathan Livingston de goéland 1562★ illustré	**Richard Bach**
Joy 1467★★ & **Joy et Joan** 1703★★	**Joy Laurey**
Le joyau de la couronne 2293★★★★★ & 2330★★★★★	**Paul Scott**

Kramer contre Kramer 1044 ***	*Avery Corman*
Le lendemain du crime 2199 **	*Eileen Lottman*
L'arme fatale 2231 ****	*Joel Norst*
Le livre de la jungle 2297 **	*Rudyard Kipling*
Love story 412 *	*Erich Segal*
Mad Max au delà du dôme du tonnerre 1864 ***	*Joan D. Vinge*
Michigan Mélodie 1289 **	*Jacqueline Monsigny*
9 semaines 1/2 2259 **	*Elizabeth McNeill*
Mission 2092 ***	*Robert Bolt*
Les oiseaux se cachent pour mourir 1021 **** & 1022 ****	*Colleen McCullough*
Orphée 2172 **	*Jean Cocteau*
Le paltoquet (On a tué pendant l'escale) 1647 ***	*F.-R. Falk*
Pavillons lointains 1307 **** & 1308 ****	*M.M. Kaye*
La petite boutique des horreurs 2202 *** illustré	*R. & L. Egan*
Peur bleue 1999 ***	*Stephen King*
Platoon 2201 ***	*Dale A. Dyle*
Police 2021 ***	*Catherine Breillat*
Poltergeist I 1394 ***	*James Khan*
Poltergeist II 2091 **	*James Khan*
Pu-Yi / J'étais empereur de Chine 2327 ******	*Pu-Yi*
Qui c'est, ce garçon ? 2043 ***	*Nicole de Buron*
Racines 968 **** & 969 ****	*Alex Haley*
Rencontres du troisième type 947 **	*Steven Spielberg*
Robocop 2310 ***	*Ed Naha*
Rosemary's baby 342 ***	*Ira Levin*
Sauve-toi, Lola ! 1678 ****	*Ania Francos*
Le secret de la pyramide 1945 ***	*Alan Arnold*
Le secret de mon succès 2216 ***	*Martin Owens*
Shining 1197 ****	*Stephen King*
Le souffle de la guerre 575 *****, 576 ***** & 577 *****	*Herman Wouk*
Star Trek 1071 **	*Gene Roddenberry*
Terminus 2122 **	*Patrice Duvic*
Thérèse Humbert 1838 **	*Laurence Oriol*
Tous les fleuves vont à la mer 1479 **** & 1480 ****	*Belva Plain*
37°2 le matin 1951 ****	*Philippe Djian*
La tricheuse 125 ***	*Guy des Cars*
Tropique du crabe 2198 ***	*André Rossfelder*
Un mari c'est un mari 823 **	*Frédérique Hébrard*
Vas-y maman 1031 **	*Nicole de Buron*

1553

Impression Brodard et Taupin
à La Flèche (Sarthe) le 19 décembre 1988
1887A-5 Dépôt légal décembre 1988
ISBN 2-277-21553-8
1er dépôt légal dans la collection : nov. 1983
Imprimé en France
Editions J'ai lu
27, rue Cassette, 75006 Paris
diffusion France et étranger : Flammarion